這個時候

崔世广 著

作家出版社

图书在版编目（CIP）数据

这个时候 / 崔世广著．-- 北京：作家出版社，2025.5 --
ISBN 978-7-5212-3383-4

Ⅰ．I227

中国国家版本馆CIP数据核字第2025Y61E85号

这个时候

作　　者：崔世广
封面题字：崔世广
扉页题字：顾明远
封面篆刻：宋　洋
责任编辑：宋辰辰
装帧设计：意匠文化·丁奔亮
出版发行：作家出版社有限公司
社　　址：北京农展馆南里10号　　**邮　　编：**100125
电话传真：86-10-65067186（发行中心）
86-10-65004079（总编室）
E-mail:zuojia@zuojia.net.cn
http://www.zuojiachubanshe.com
印　　刷：河北京平诚乾印刷有限公司
成品尺寸：140×210
字　　数：81千
印　　张：7.25
版　　次：2025年5月第1版
印　　次：2025年5月第1次印刷
ISBN　978-7-5212-3383-4
定　　价：52.00元

崔世广

号不明，别署雪池。1976 年 8 月生于山西襄汾，首都师范大学书法艺术硕士毕业。现为民盟中央美术院副院长、临汾分院院长，山西省书法家协会副主席，中国书法家协会会员，中华诗词学会会员，山西省作家协会会员，山西省政协十二、十三届委员会委员。出版书法集《翰墨唐韵》《白居易琵琶行》《崔世广书宋词百首》，现代诗集《雪池诗墨》等。

目 录

序　从崔世广诗集《这个时候》说开去

张陵

书法家、诗人崔世广先生的新诗集《这个时候》马上要出版了。他的书法炉火纯青，自成一体，早已成名成家。而他的诗歌，也越写越给力，越写越有心得，也就越写越自然自由，奔成名成家而去。记得他第一本诗集出版时，我曾写过评论，赏读他的书法和诗歌作品，也讨论了书法功夫在书外，诗歌功夫在诗外的问题。“书外”多指的是一个书法家应该多读书、多思考、提高文化修养，创作才能去匠气、足内涵、长神韵。而“诗外”则多指一个诗人走向老百姓的生活，如何在历史社会现实发展变化中得到思想、诗情和灵感。不管“书外”或者“诗外”，都包含一个道理，那就是艺术家文学家写作功夫在深入生活，读懂生活。“书外”“诗外”说到底都不是在讲艺术家诗人的文化修为，而是讲生活的积累和生活的底子。

读世广先生的新诗作，还得讲讲“书外”“诗外”那点事。实际上，这个话题可以不断深化，也越来越紧要。去年冬天，我与作家徐剑、评论家丁晓原一同驱车从昭通前往昆明，一路高速都由智能机器人自动驾驶，非常安全。如果所有的汽车都数字化智能化，那就更安全。我们惊叹高科技奇迹之余，也不免会拿机器人司机“小艺”逗乐开心，一会儿让她写一首诗，一会儿让她写一篇散文，一会儿让她讲个故事。给她一个题目，她很快就能出诗出文，还挺像模像样，除了还带点机器味以外，一点也不比那些流行的网络诗、网络爽文差。“小艺”的主要功能是自动驾驶，如果她被更多文学专业赋能，成了职业写手，一个“小艺”就可以包圆了整个网络写作。我们还跟“小艺”打趣，你这么能干，作家诗人都会失业了。不料，过年后，DeepSeek 问世了，写诗写文写小说速度之快，品质之高，都远远超出人们的想象，大有炸平庐山之势。文学界尤其诗歌界哀鸿遍野，一片恐慌。AI 时代到来了，文学真的要被 AI 取代了，文学完了，天空要塌了。三个月前路上的玩笑，没想到这么快当真就要把文学逼疯了。

一些写手早就偷偷运用 AI 技术写网络诗歌、网络散文、网络小说、网络影视剧，拿 AI 挣钱致富，已不是什么秘密。只是，这层纸没有捅破，就好像把火包住了。DeepSeek 打破了西方高科技的神话，让芯片变得不值那么多钱了，让讲高科技故事圈不了那么多钱了。与此同时也殃及了网络文艺的赢利模式，捅破了这层纸，掀了 AI 写作的底牌，暴露了秘密。以后借助 AI 来搞一般的文学创作，可能只是一连串的程序操作，不必花太多脑力。这样的作品也就不那么值钱，价格大概不会那么任性夸张唬人，赚大钱就不那么容易了。我以为，那么多惊慌失措的呼叫，背后少不了虚高的赚钱之道被堵死了的缘故。

话又说回来，AI 一夜之间变得如此强大，的确吓着了人，更是吓着了文学，通常都叫"严峻挑战"。以前人和机器人对弈，看出后者占上风，胜负趋势越来越明显。现在人机文学对话，虽不讲输赢，也让文学产生前所未有突如其来的困惑感、无力感、末日感。内心不服，又不得不服。我个人倒是没有那么悲观，也没往"严峻挑战"上去想，反而觉得可能出现了文学发展的一线机遇。都说危机与机遇并存。抓住了，是发展机遇；抓不住，就是风险危机。高科技人工智能时代，挑战文学，也可能会对文学进行再细分——人的文学与机器人的文学（AI 文学）。人的文学，按传统文学规律走，坚持自己的创作方法；机器人的文学也建立起自己的写作模式。两条不同的赛道，各自发展开去，和平共处，互为关系，亦可和平竞争比拼。当然，机器人的文学现在还不给机器人读，而给人类读。这样，人类就可以接收到两种文学：人的文学和机器人文学，就像现在我们读到高雅文学，也读到通俗文学一样。

当年，强大的资本力量支持网络文学成功地挑战了传统文学。网络以发表门槛低、规范少、大众参与度强、写作自由灵活、模式商业化等优势，建构了我们今天看到的网络文学形态。虽然，网络文学由通俗、时尚、类型和消费元素为主体的文学所构成，却也形成一种文化实力，与传统的文学形成了势均力敌的局面，很多时候，传统文学看上去还处于劣势弱势。今天看来，网络文学为 AI 文学的到来做了大量操作准备，提供了资源，创造了条件。某种意义上，可以说，网络文学是 AI 文学的前身，AI 文学是网络文学的继续，是网络文学进入高科技时代文化产品新建的生产线。所有网络文学的内容以及方式，都将顺理成章由 AI 文学所接管所替代所改造，都将无障碍地无缝地转化为 AI 文学。也就是说，文学的那些通俗的、流行的、时尚的、商业的、类型的和炫技的，模式化写作的部分，将直接转为 AI 文学，二者之间有着一脉相承的关系。在这里，我一点也没有要贬低 AI 文学的意思，而是想说 AI 文学除了高科技时代的支撑，还有网络文化的资源。更想提醒的是，有 AI 能替代的文学，也有 AI 不可替代的文学。

人工智能日后能否支持 AI 文学写出《战争与和平》《静静的顿河》《悲惨世界》《红楼梦》这样伟大的作品，我还真说不好。也许，人类的虚构故事的能力最终会让位给人工智能，这还真的不好说。我看出来了，AI 文学科技含量极高，学习能力和技术能力超强，文学创作上的事好像没有它做不到的。即便现在做不到，不等于发展下去做不到。那么人的文学要怎样生存下去，朝什么方向求生存，的确得好好思考。

一下子不容易想出。想不出就得先示弱，承认弱势。人性有弱点，文学就有局限、有短板、有弱项。文学反映生活，也受制于生活，存在历史局限、思想局限、时代的局限，带有必然性，也是文学规律的一个组成部分。评论家们总希望作家们克服自身的局限，创造更加完美的文学，现在想，苛求了。殊不知，在今天，有局限的文学才能体现出人的文学的特质，有局限的文学才可能是好的文学。就像再完美的翡翠，如果找不到一点瑕疵，就会被认为是科技合成的产品，没有什么收藏价值。珠宝的瑕疵是天然的，文学的局限也是天然的。伟大的作品总是带着这种天然性的必然性的历史局限，伟大作家也总是带着这种天然性的必然性的历史局限。因此，人的文学所存在的局限，总是不断追求完善的完美的人工智能，没有这种天然性，做不到，AI 文学也就做不到，大概还设置不了这种反宇宙的程序。因此，局限不光是人的文学的弱点，其实也是优点。在这个时代，也就可能转化为强势和力量，破解困局，赢得竞争。

当然不可刻意追求局限。人的文学比拼 AI 文学，不能靠局限，而是靠生活——人创造的历史，人创造的现实和人创造的未来。作家个人并不强大，但生活很强大。文学并不强大，文学之外的人民创造的历史和现实非常强大。资本支撑网络文学，人工智能支撑 AI 文学，而生活支撑人的文学。人民的生活像大江大河一样永不停息，冲撞开艰难险阻，变幻莫测，奔腾向前，开创着人类的历史，也开创着人类伟大的时代，创造了各种世界的奇迹，也创造了人工智能的奇迹。AI 可以改变世界，却不可以创造生活。生活给人的文学提供了最丰厚的源远流长的唯一源泉，赋予文学以激情、以思想、以生命、以力量。有火热的生活，就会有火热的文学。这就是人的文学强大与不可战胜之所在。立于生活之中，人的文学就有 AI 文学不可企及的优势和比拼资本。

AI 文学冲击之前，我们就对文学不满意，因为我们注意到文学正在脱离生活、失去生活，过度依赖技巧，过度追求形式，过度信任作家的想象和虚构能力。所以传统文学一直抵挡不了网络文学的冲击，老是处于网络文学的下风。如果继续不尊重生活，不投入时代洪流，不守望好生活这座金山银山，面对强大的 AI 文学冲击，仍然会无招架之力，后果的严重性可能会是致命的。不怪人家 AI 文学，要说就说我们的文学不争气，放弃了文学之外的时代生活。要想让文学强大起来，也没有什么高招秘籍、灵丹妙药，唯有扎扎实实深入生活，用心用情反映生活。文学会遇到各种困难，会陷入各种困境，但任何时候，文学唯一的出路都是走向生活。老生常谈，听不进去的人很多。现在狼真来了，听得进去的人可能还是不多。不过，我坚持还得靠老百姓那些普普通通的日子才能拯救文学。

前几天，和一个文学朋友讨论 AI 带来的文学危机。我注意到为中国文学前途命运担忧的多为诗人、散文家、小说家、评论家，好像没有任何一个报告文学作家在担心，没当太大的事，反而有报告文学作家欢呼，报告文学又一个创新时期启动了，接上了。道理并不特别深奥，那就是，报告文学写作依靠的是现实生活，也一直为现实生活而写作。说不定将来，报告文学会是高科技时代最有定力、最有比拼力、最不可被替代的文学文体。

扯得有点远，也很浅显，其实是借题发挥，说点“诗外”的心得，也算赶个热门时尚话题，借着读崔世广先生的新作，不吐不快。这次 AI 文学的冲击，首当其冲的是诗歌，不少诗人都不知怎样写诗了，崔世广先生偏偏在这个时候出版诗集《这个时候》，生不逢时，却又恰逢其时。还是那句老话：危机与机遇并存，关键词则是“诗外”，是生活。我以为崔世广先生有勇气，有定力；真性情，真诗人。我看好他。

是为序。

这个时候

序幕

一只鸦，振翅

鸣破了白云

木叶落尽的老槐

昂首探向蔚蓝的国度

此时

风日凄美

午后拉得好长好长

人间无恙！

序幕缓缓开启

2024 年 11 月 30 日

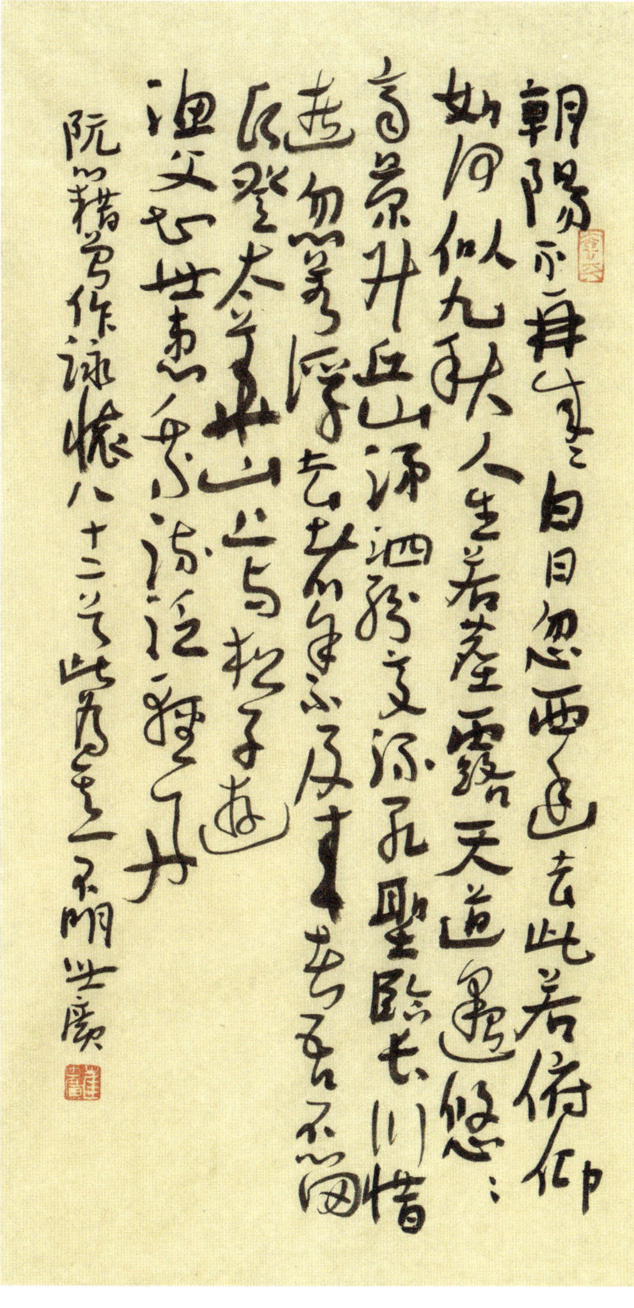

行草书——魏晋·阮籍 咏怀八十二首·其三十二

我的青年时代

——主题书法展留句

看夏来春去

于我　不过四十多次

我们总会在春天过后

留下几句不经意的感叹词句

而青春　若老去

只容你一次悲泣

但这一次也许是一辈子

美好的事物总是很快过去

人生的角色变换更替

春色其实就在我们心底

父母的期许　儿女之孝悌

光阴的故事里　温情缕缕

2020 年 5 月 16 日

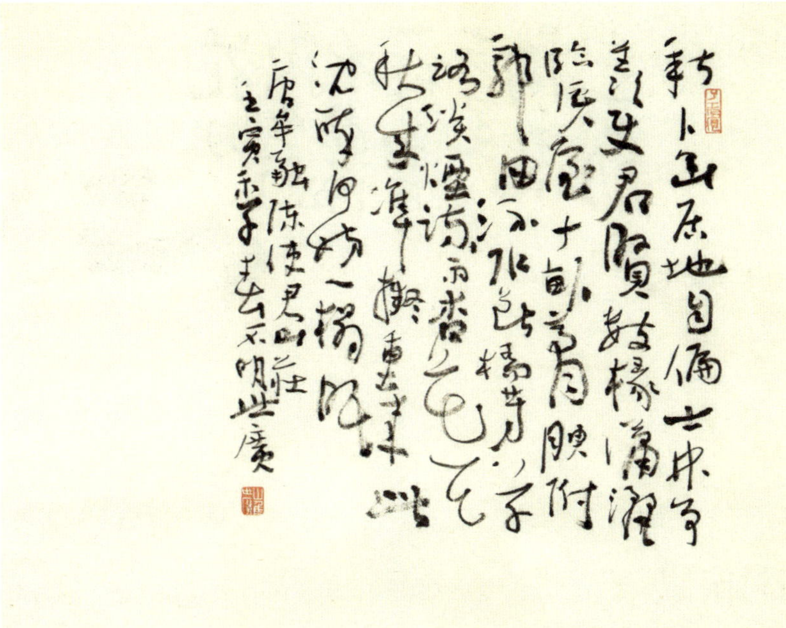

行草书 | 唐·牟融 《陈使君山庄》

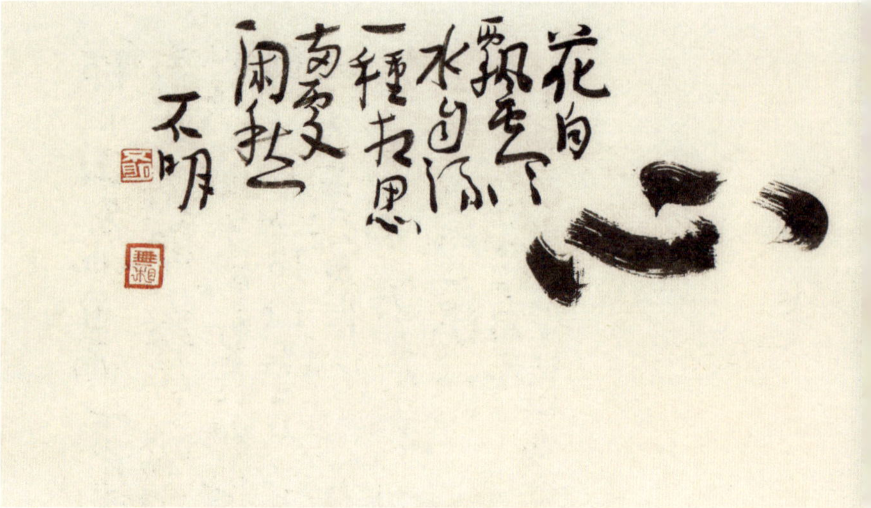

谷雨

湿漉漉的“咕咕”声

叫开了梦

阳光羞涩未破云

寂寥的巷子里

构树挂满了穗

梧桐一树花

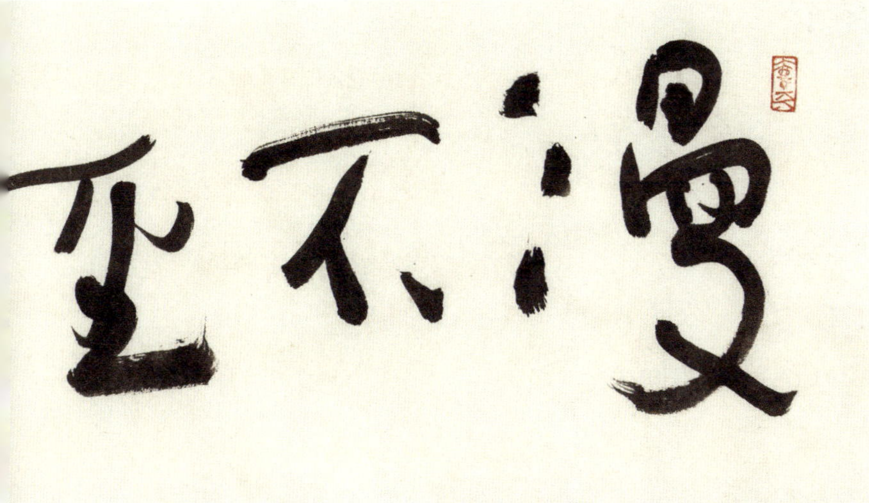

行草书 | 漫不经心

复道相思的诗句里

飞鸟没何处

空向春深

2020 年 4 月 19 日

冬至

等不到雪

于是

不舍最后一抹夕阳离去

摸得着的暗夜

我悻悻地用梦丈量

你的长度

万物徘徊

来的去

去的来

2020 年 12 月 21 日

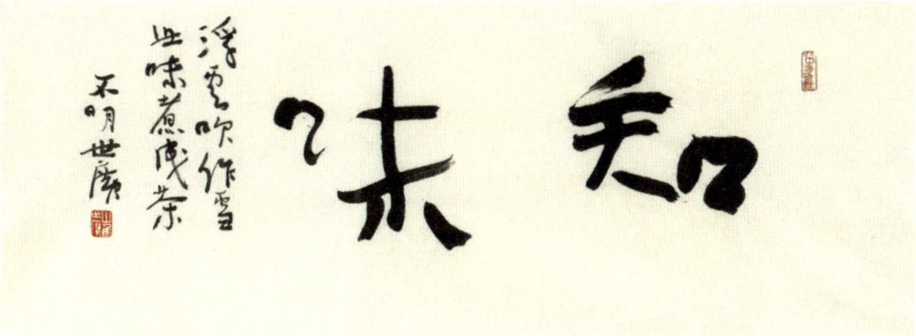

行书 | 知味

清明

梨花开放

在你熟睡的地方

我一年年等待

就像小时候

你一次次看摇篮里的我

旧时光清白

一样的春天

两个世界

2021 年 4 月 4 日

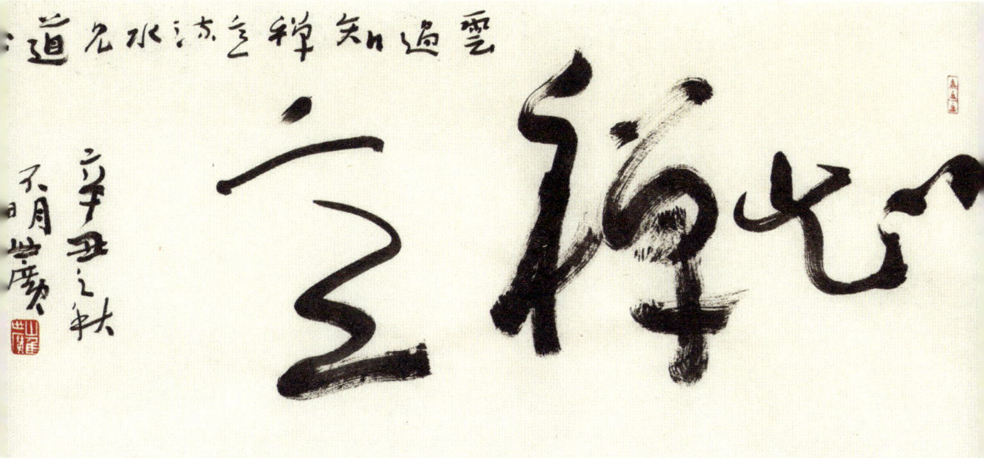

行草书 | 知禅意

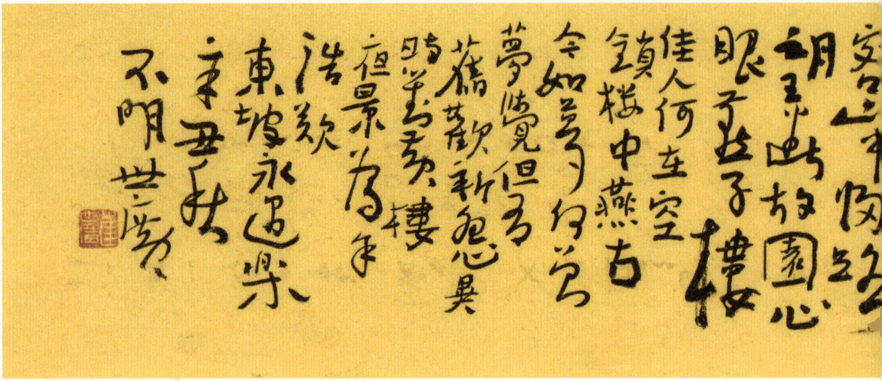

咏怀（一）

抓不住的时间

秋日的伤感依旧弥漫

辽阔的寒意深重

在黄昏的鸦鸣中渗透

一首叫《笔记》的歌在电台里播放着

曲中的温暖

也只是一点点

在季节的交替处

你有没有学会勇敢

回忆过往的畏缩，翻开

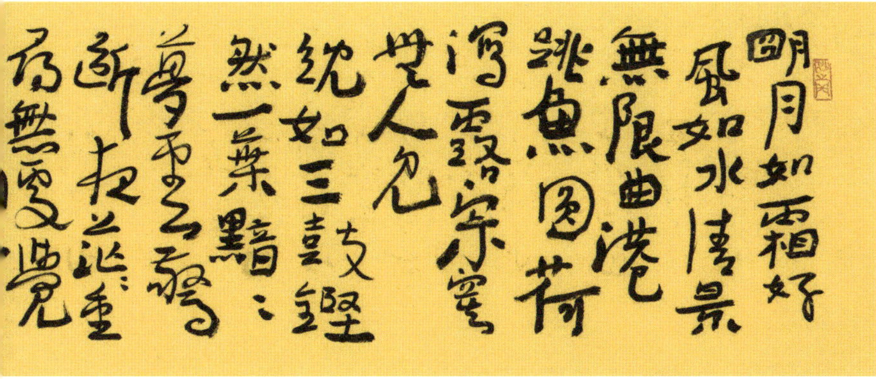

行书 | 北宋·苏轼 《永遇乐·彭城夜宿燕子楼》

不堪的语言，将那

粉饰的平庸和

多情的借口裸露

颤抖的香烟在手指间

吱吱作响

烟灰，如霜般落下

2024 年 10 月 23 日

这个时候（一）

2022 年 8 月 17 日

深圳莲花山

天空碧蓝云如龙舞

邓公雕塑前

与你擦肩而过

看到了你亲手献上的花圈

纵然疫情仍在

但你脚步从容　真情款款

这个时候

我要敬你一杯酒

一杯苦涩的酒

2023 年 11 月 2 日

北京万岁山

雾失山海霾锁京城

天空糜烂　我看见

乌鸦在新生的坟头盘旋

草木萧索悲情摇落

片片金黄的思念流转在

高天厚土　你的脚步匆忙

这个时候

六亿月收入仅千元的人们

敬你一杯酒

一杯庶民百姓的口粮酒

2023 年 11 月 2 日

旅途

原野残留着昨日的落雪

依旧是仓皇的旅途

经霜的草木

在寒风中瑟瑟

条条飞絮让遥远

变成咫尺

相思的欢喜没有了浓烈

窗外的光景如流星般划去

些许还有

挑灯独处，娟娟毫素

可人的时候

读一读思念的诗

2019 年 12 月 17 日

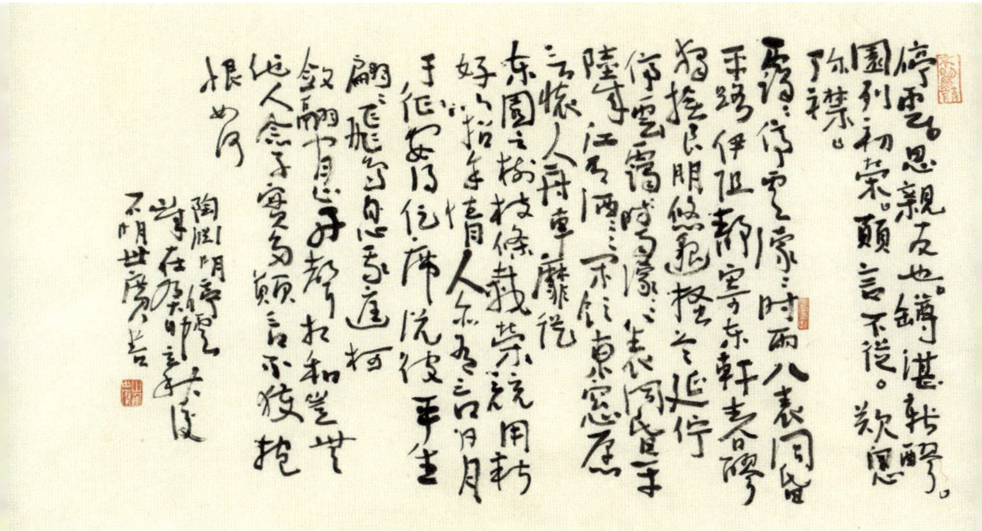

行草书 | 东晋·陶渊明 《停云(并序)》

这个时候（二）

最短的日子最怕

相思太多

在故乡的此刻

星子会早早探出头

往往想做的事情没有了头绪

记忆抱残守缺

尘埃沾满着寂寞

杯酒清茶

只待梅花开落

看一片云从山头飘过

2019 年 12 月 22 日

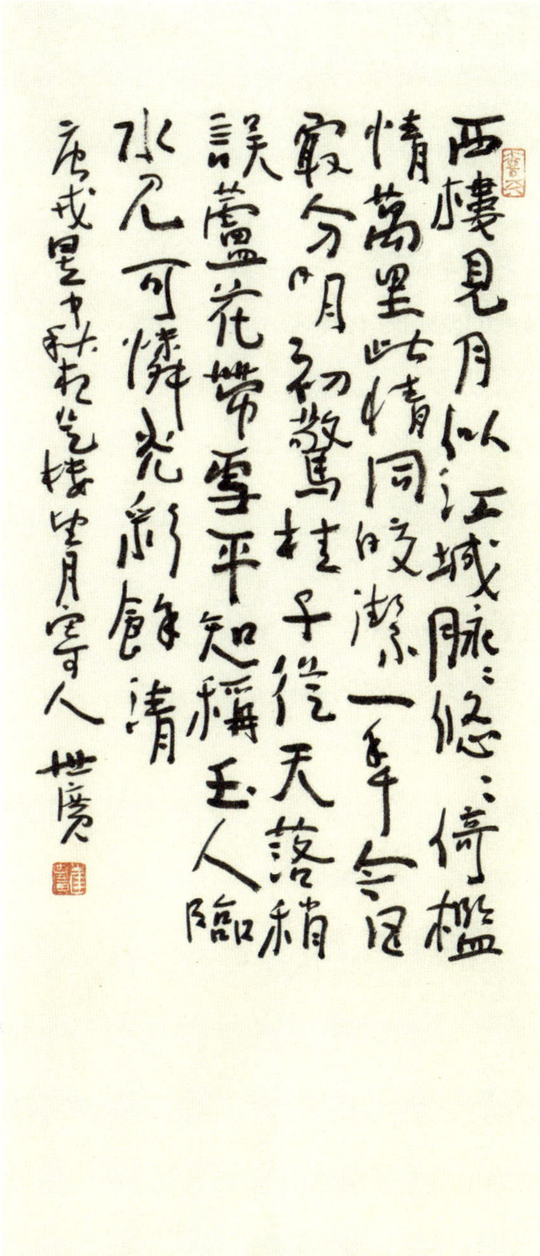

行书——唐·戎昱 《中秋夜登楼望月寄人》

雪·花

去岁今春下雪多

像我的孤独寂寞在飘着

2017 年 3 月

我在江城逗留一周

写下了纪念海子的诗行

昙华林古街拍下了

我至今美好回忆的相册

我曾在

武大的樱花林中漫步

风一吹也像白雪飞过

我也曾

黄鹤楼上寻日暮乡关

翘首白云边上烟波孤帆

我也曾

东湖泽畔行吟步缓缓

小舟摇落绿杨汀上夕阳染

此刻京华

窗外的雪无声

亦如我的泪眼婆娑

银白色的寂寥世界

将一场无硝烟的“战疫”包裹

风中的樱花

簌簌散落

2020年2月5日

春天四行

一场谎言被一句谎言击破

一人死去一个世界为之祈祷

谷子地永远听不到集结号吹响

我的笔在经文的 173 字处停驻

2020 年 2 月 7 日

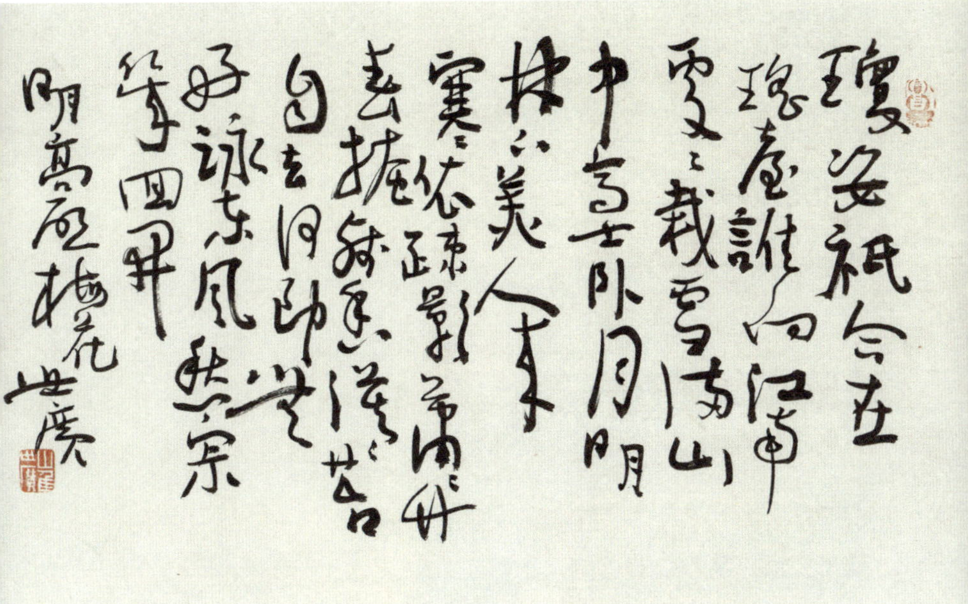

行草书 | 明·高启 《梅花九首（其一）》

走失

雪走失了冬天

在本不该属于的春天徘徊

城市走失了人群

死寂的街道如末日降临

此刻我没有寻梅的快意

只剩赶路的焦虑

雪啊

请不要落在我的心上

因为这个到来的季节

我看到了听到了太多的

白色与恐惧

我眼神迷惘陷入长久的殇思

远处的树林像挂满冰凌的肺叶

爆裂裸露无法呼吸

遇见，口罩后陌生的你

窗格子外真正的春天

步履迟迟

2020 年 2 月 15 日

四月

柳絮撩起四月

窗外的世界

感觉一下子变得葱茏

静穆在浮动

殷红的花像罂粟

浅深的白似清明

浓春之夜久不能寐

长长短短的心事

那个提起就想哭的二月

时间在煎熬

日子这么快地过去

红尘落英纷纷

2020 年 4 月 14 日

二月

二月。一摸墨就想哭
嚎啕着书写二月
当轰鸣的泥浆
点燃黑色的春天
雇辆马车。六十戈比
穿越钟声和车轮声
奔向大雨如注处
雨声盖过墨水和泪水
像烧焦的梨
几千只乌鸦从树上
坠落水洼
眼底被注入干枯的
忧伤
雪融化的地方发黑
风被叫喊打磨着
诗句嚎啕着写了出来
越是偶然
越是真实

行草书——俄罗斯 鲍里斯·帕斯捷尔纳克《二月》

情长世短

永远不能忘

这个即将过去的春季

扎心的疼痛

你注意到没有

口罩包住的面容

只有一双漠然的眼睛

根本分不清喜悦与悲伤

也许你想说很多

世间就是一座迷宫

情长　世短

静悄悄的时光

2020 年 4 月 24 日

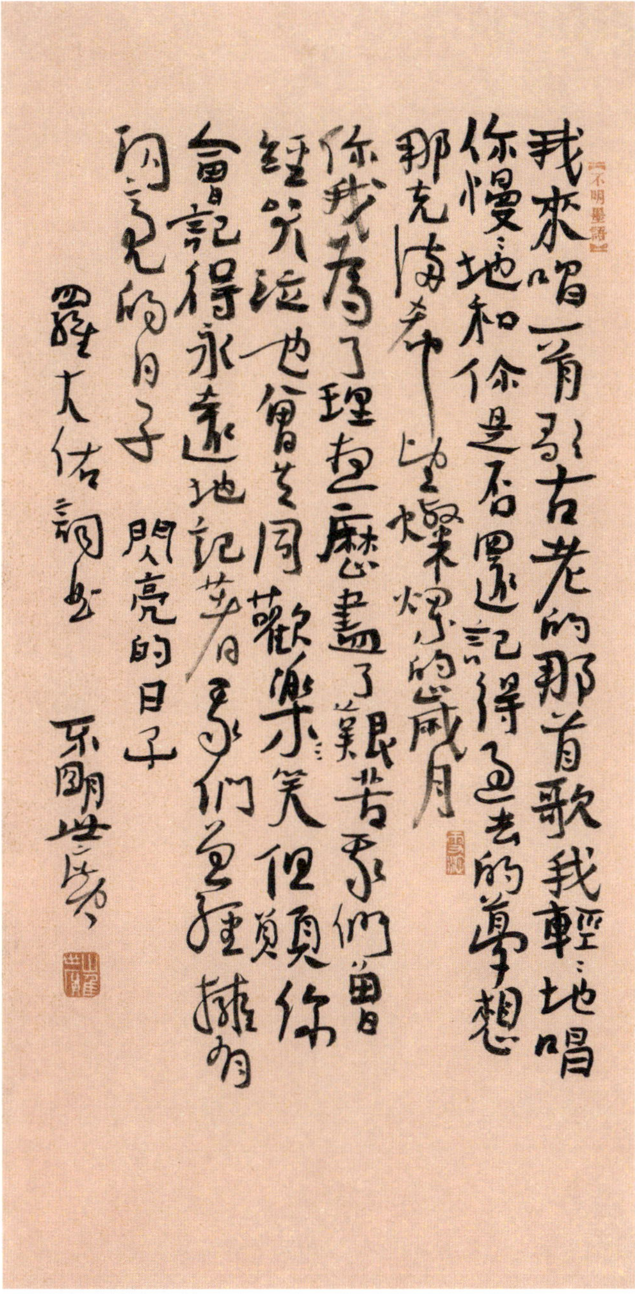

行书 —— 罗大佑 我来唱一首歌歌词

青春·疫情

我们沉溺其中

却仓皇度过

2020 年 5 月 4 日

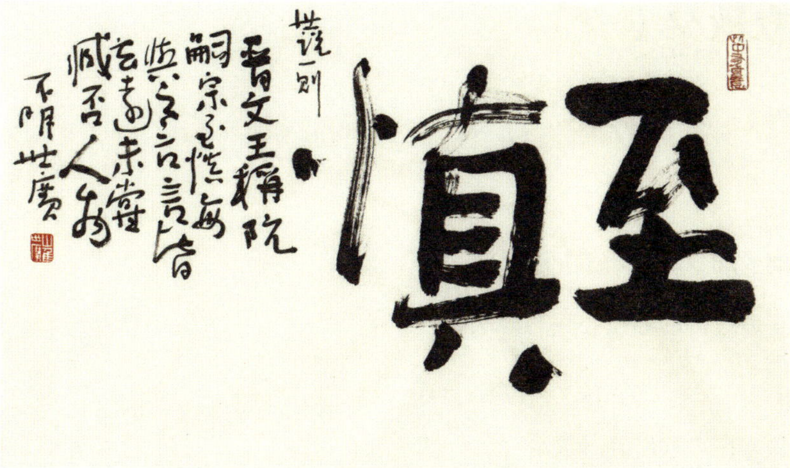

行书 | 至慎

立秋夕（一）

离乡的岁月被判了无期

于是总害怕触碰心底的柔软

从未在立秋日回过故乡

却总在他乡的立秋下彷徨

一个人怀念的越多

心中失去的就越多

不惑将人生分为两阕

下阕里的秋思更加辽阔

2020 年 8 月 7 日

觀音經

南無觀世音菩薩南無佛南
無法南無僧與佛有因與
佛有緣 佛法相因常樂我
静 朝念觀世音暮念觀
世音念念從心起念佛不離
心天羅神地羅神 人離難
難離身一切災殃化為塵
南無摩訶般若波羅蜜
歲在庚子大雪不明世廣
沐手敬書

惊蛰（一）

即便此刻

有声的无声时

请不要在这一刻惊慌迟疑

早醒的孩子哭泣

晚睡的大人早已忙着活计

天空喘息地阴郁着

红灯笼强作欢颜挂在正月里

展卷挥墨终究意短情多

空余留白

摇不醒的春天

坡塘柳丝已然袅娜

2021 年 3 月 5 日

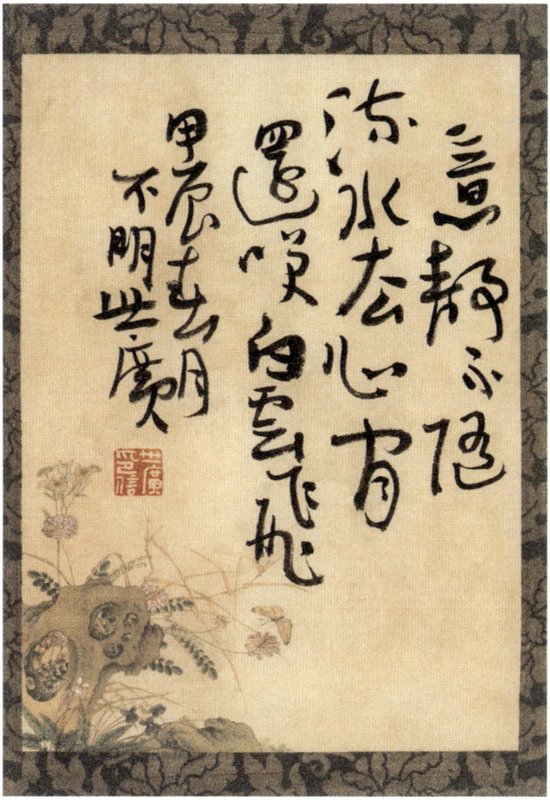

行草书 | 古人对联

春分十一行

京华烟雨昨夜

今朝溟蒙故园

谁着意将春色平分

使江湖暗淡

却摇摇晃晃走在

悬空的刀刃间

就是这把刀劈开了春天

剁碎了愿景，孱弱

隐忍，茫然……

柔软的血如泉眼

喷涌流散

2021 年 3 月 20 日

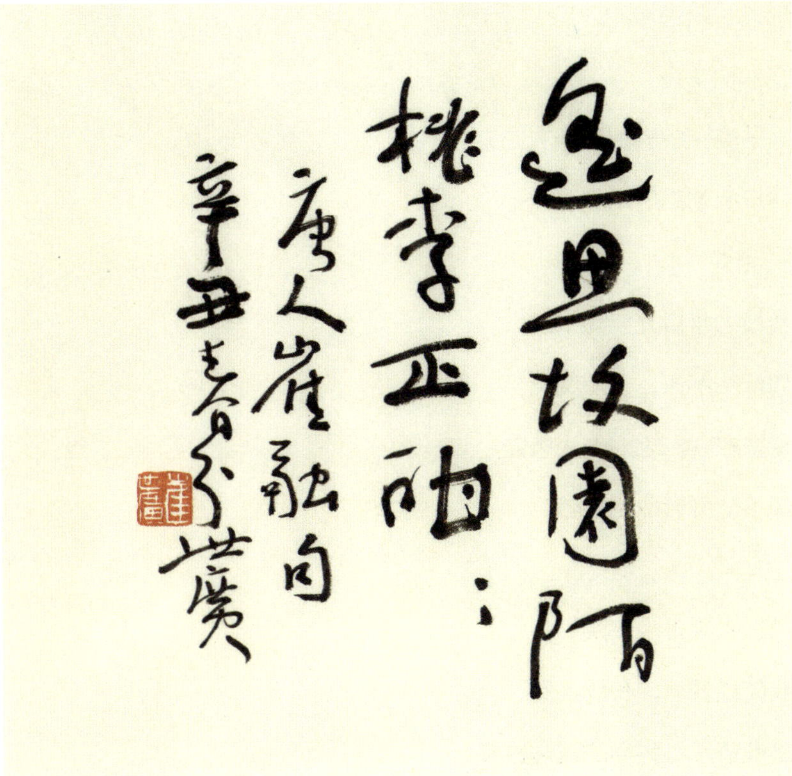

行草书 | 崔融诗句

故园小院新植“望春”

那天，一语相约之后
我匆忙离开
当一场蒙蒙的细雨伴我归来
在没有朝阳的早晨

我极力将目光躲藏
你低头不语，无瑕纯情
从未在春深之时与人争宠
却不让群芳冷艳娇容

微风吹来香生满院
我倚栏梦思，长醉人间
是谁曾忍心将你的霓裳拔搴
我只愿在每一朵花瓣里寻找春天

2021 年 3 月 27 日

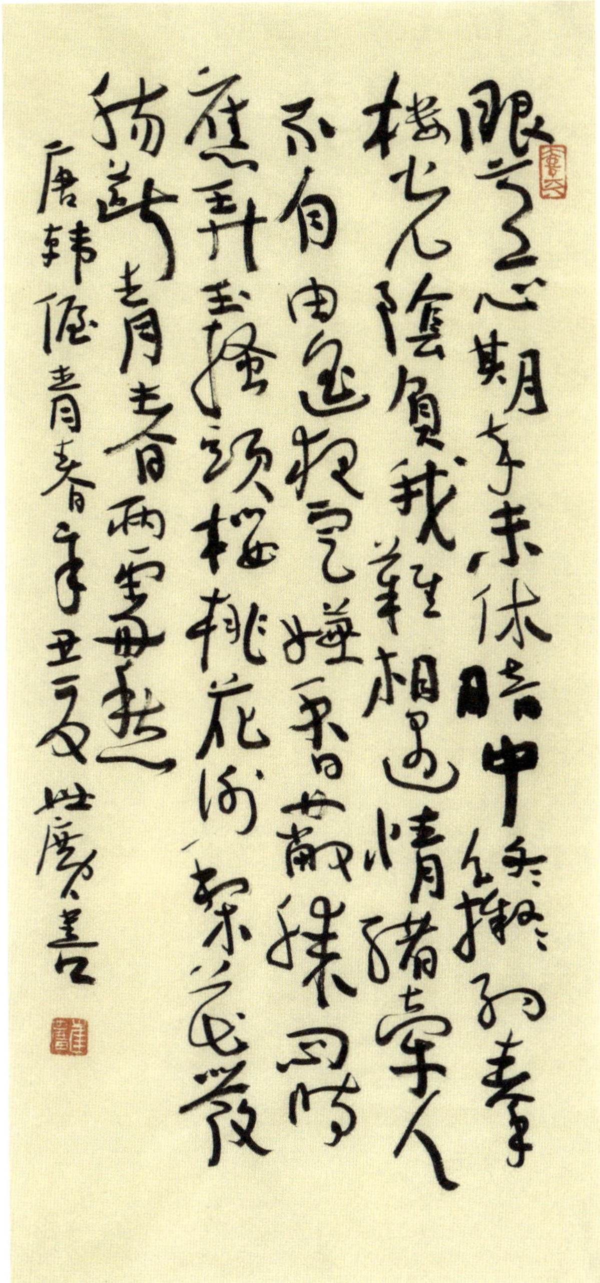
眼意心期卒未休暗中终拟约秦楼光阴负我难相遇情绪牵人不自由遥夜定嫌香蔽膝闷时应弄玉搔头樱桃花谢梨花发肠断青春两处愁
唐韩偓青春辛丑夏

行草书——唐·韩偓 青春

送·行

尘世婆娑

世路反反复复

再次踏上西行的列车

这是立秋后的午日

日头在云间藏躲

像被层层黑纱包裹

暑热远未散去

我一如既往将睡眠失落

心情似车窗外

昏暗天空下剪影般远山上

雾霭的混浊

于是，没有看到夕阳

我苦思一首关于酒的诗

太多太多……

操着满口方言

慷慨喝酒的可爱老头

只有一个

2021 年 8 月 12 日

桐华原之秋

立秋已时日
原上风来兮
穿过残夏的风尘迷雾
回到故乡的院子
欲将疲惫安放这里
岁月杳无痕迹
心头萦绕五柳先生的诗句

墙脚的爬山虎开始蠕动
信念在漫长的路上升起
合欢抽枝　梅花老去
竹摇窗棂细
我等的你还未至
清晨约到了黄昏雨

蟋蟀在草间幽藏

蝉无休止诉说

悠悠长夏里的故事

葫芦里早已装满整个秋季

2021 年 8 月 20 日

九月·露白

秋夜凄婉

思绪陡然开阔

儿时故乡的田野

总在记忆里闪烁

知道“白露”的时候

正是这瘦瘦的九月

天边的夕阳正驮着

父亲头上的汗珠

母亲眼里的泪

世间的一切美丽

总是在艰难与隐忍中孕育

季节

还有花朵……

还有早已丢失了睡眠的我

总是痛苦地沉醉着

于是我相信

再白，再白的露水

都与秋风无关

总和秋夜相联

2021 年 9 月 13 日

笺短意长

寒露不寒

然阳光还好

却难抚平故乡秋水无情

寒露无露

风干了柔肠

怎能掩饰父老烟火如常

你说，山河无恙

我道，笺短意犹长

……

2021 年 10 月 8 日

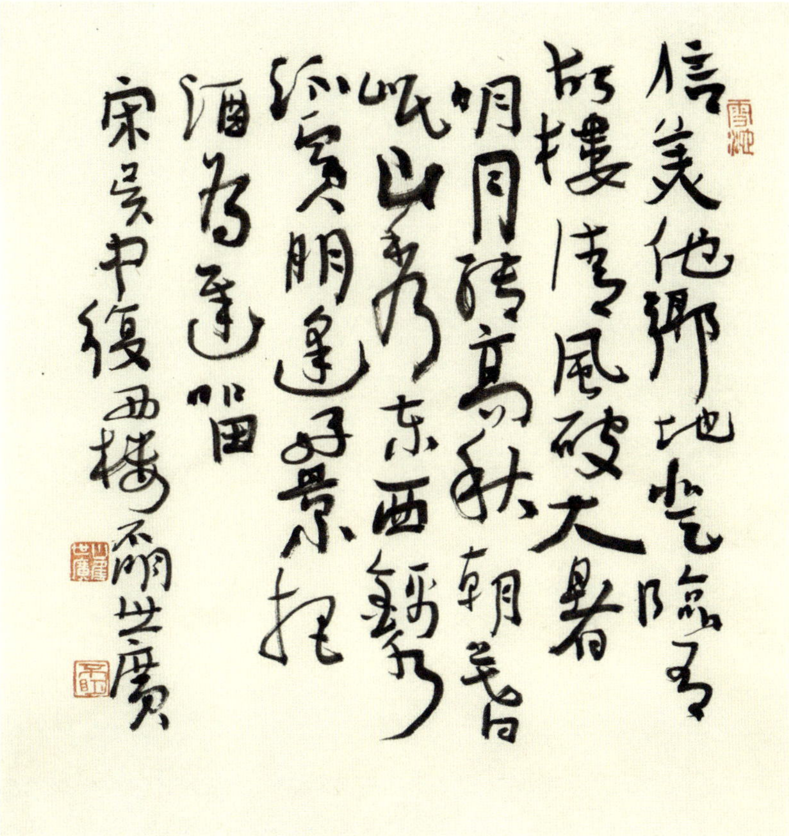

行草书 | 北宋·吴中复 《西园十咏·西楼》

故乡除夕

眷与时长

故乡的除夕

再也看不到小村的炊烟细细

是谁模糊了你的故事

我丢失了诗句

天涯的脚步是思念

江湖里风尘满

寂寞庭院春归兮

昨夜枕边月光一地

2022 年 2 月 2 日

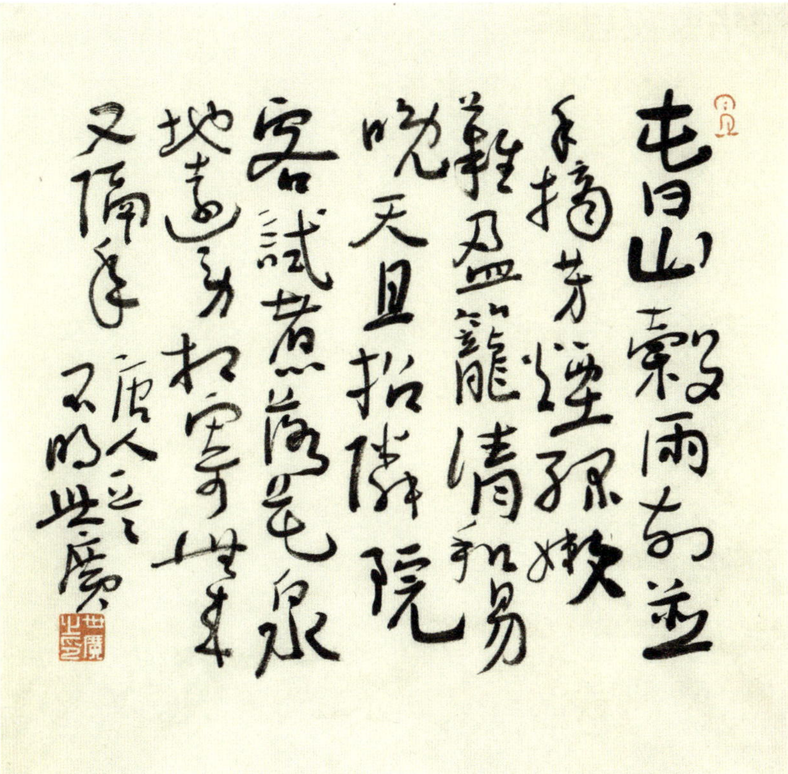

行草书 | 唐·齐己 《谢中上人寄茶》

桐华原夜思

听闻远方的风

我将你唤回

春来了

旅人却迈开了天涯脚步

庭院的天空没有星子

一如我的沉默不语

时间在春风里飘逝

香烟弥漫酒器

就这样　就这样

忧伤　划破今夜

2022 年 2 月 6 日

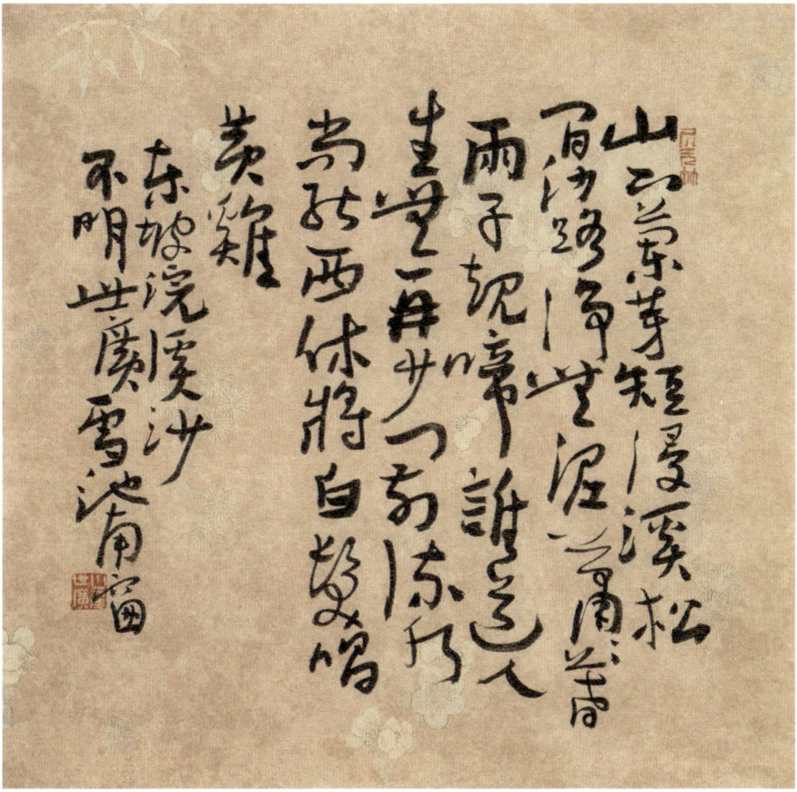

行草书 ｜ 北宋·苏轼 《浣溪沙》

春天无聊

玉兰花开放之时

我就想聊一聊这个春天的

直到现在稿纸上依然是简单的两行

改改涂涂

榆钱，香椿也相继老去

春天的路上风景全无

猝不及防已是夏日

于是

春天无聊

从来不知道布谷鸟在说着什么

这个属于故乡的上午就要过去

又能怎的

在空旷无聊的春天里

汩汩抽泣

2022 年 4 月 13 日

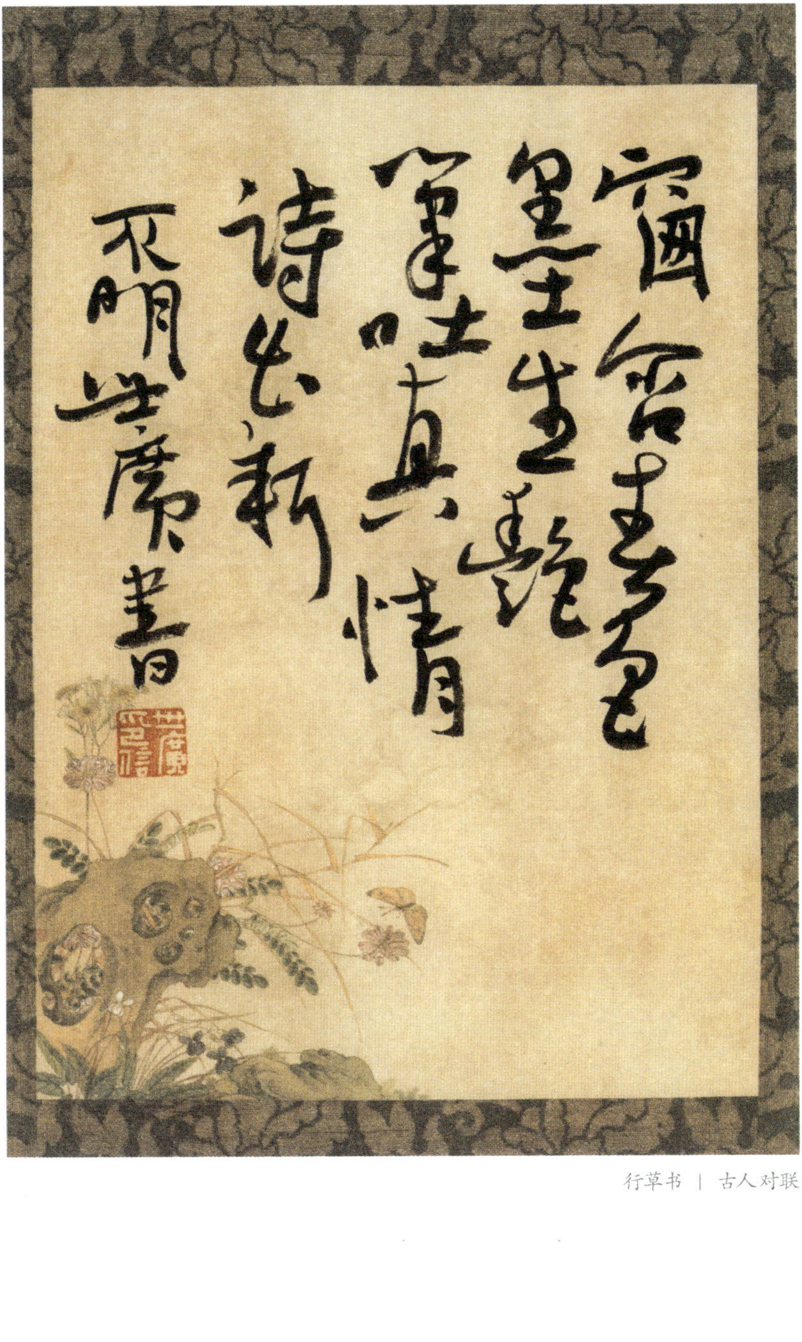

人间，谷雨

杜宇声声，啼唤在

四月清晨的村庄

微风过庭院

心事飘零

一株野小麦孤独地抽穗

山楂飘雪

芍药绽蕾

红枫抽枝

人间，谷雨

各种事情发生着

草木有心

我无语

家乡的梆子戏在耳畔响起

院子里阳光碎了一地

我低头强忍

还是落下彷徨的泪水

2022 年 4 月 22 日

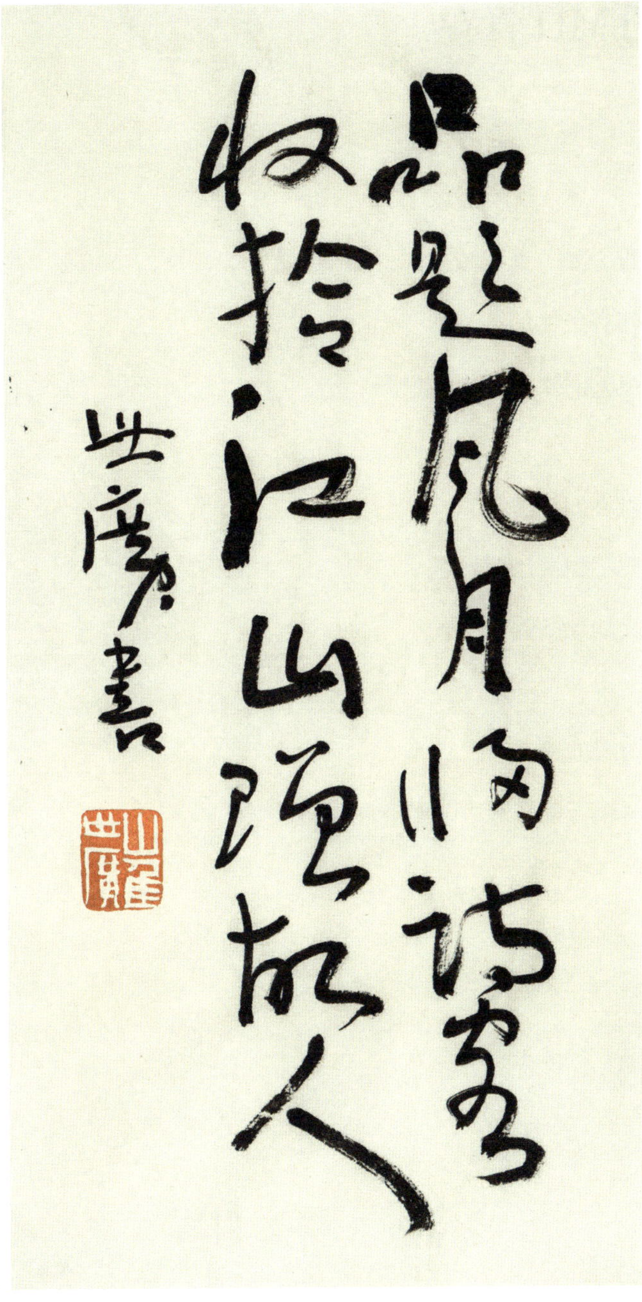

TMD 青春

青春如一桌好饭

若有条件加杯美酒

吃的时候定会眉飞色舞

青春如一泡屎

你不想拉

又能憋多久

青春就是

一顿饭到一泡屎的距离

……

一时半晌

2022 年 5 月 4 日

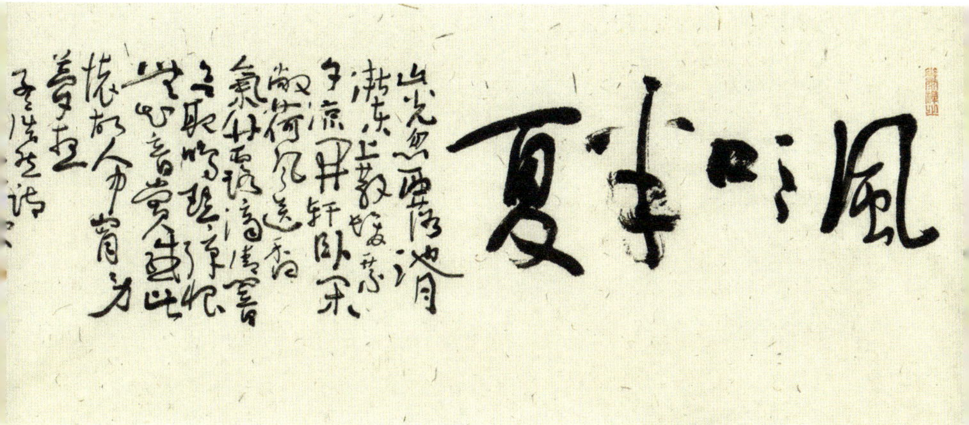

行草书 | 风吹半夏

核酸

喉咙里的种子

总也不发芽

即使三天种一次

全烂在肚子里

续——命

长不出本质

2022 年 6 月 6 日

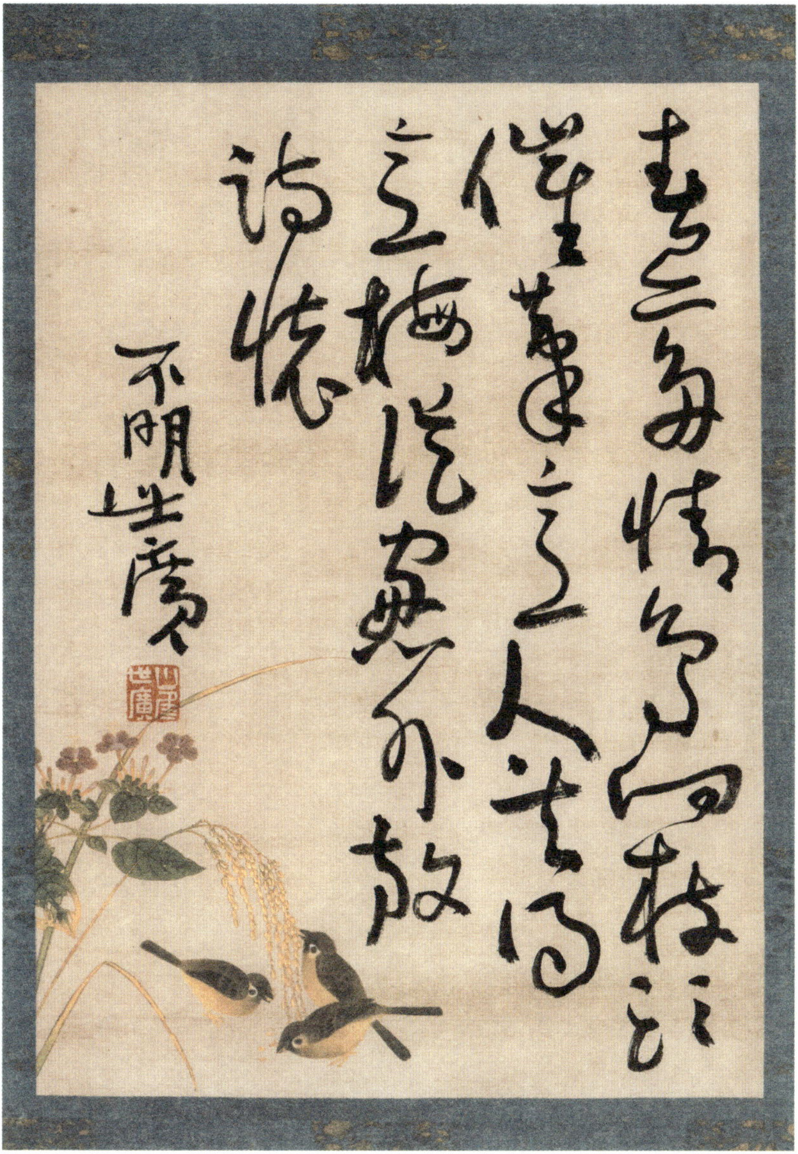

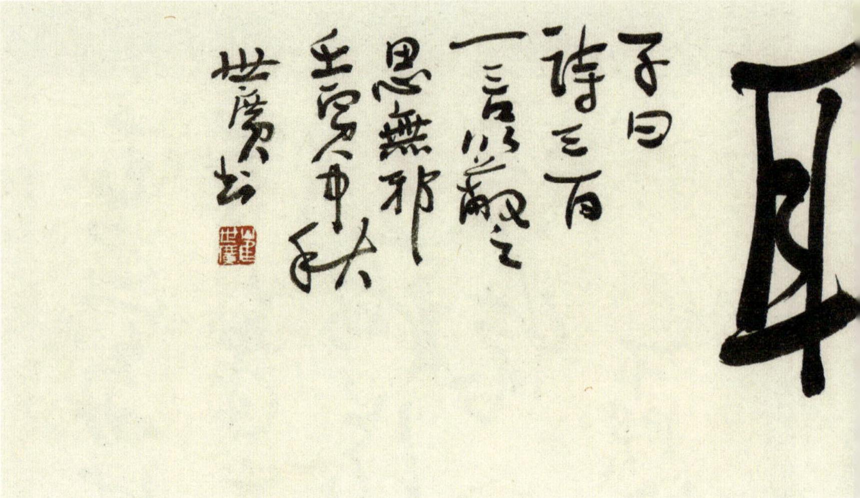

儿时立夏·麦花香

小小的村庄

触手可及的麦浪

绿树葳蕤炊烟升腾

白日渐渐拉长

小雨滴答晚风凉

少年懵懂氤氲时光

躺在堰边等月亮

口琴无腔不知愁何状

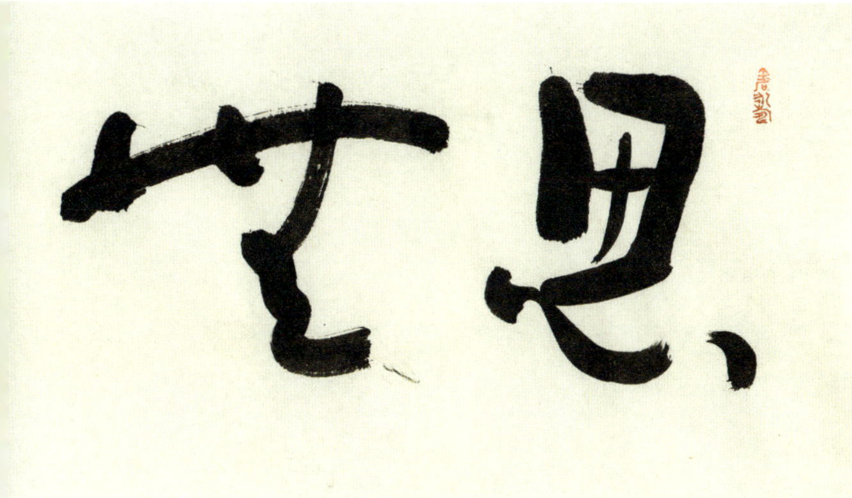

行草书 | 思无邪

奶奶总是叮咛着

不要忘了添衣裳

小河边蛙声鸣

阵阵摇落麦花儿香

天真的理想在云端飞翔

思念的藤蔓心中种

羁旅天涯向阳倾

2022 年 5 月 5 日

大暑

节气的诗词断了章

从小暑拖到今日

潜伏在心底的文思

凌乱而羞涩

一任阳光辽阔

却早已锈迹斑斑

夏花开陌上　云脚若絮

奈何岁月寂寥　如怨如泣

真实的夏日

天蓝的忧郁

蝉声入梦

鸣醉了大暑

2022 年 7 月 23 日

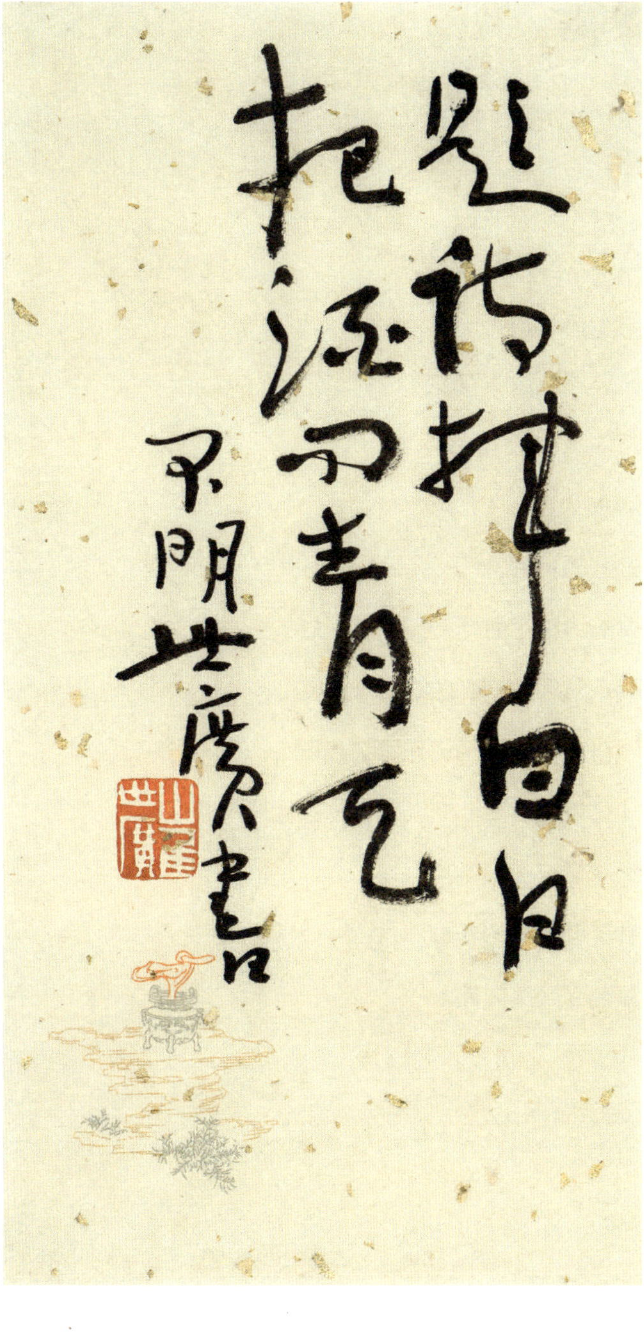

行草书 — 古人对联

寒露

阴霾　小雨拨弄

飞短流长

激怒这秋意　如剑

从如黛的远山

刺来

推开颤抖的木门

夕阳渗出了血

自从秋天被剖开的那日

一首哀婉的曲子已在耳边盘踞

《琵琶语》

秋水望穿已凝霜

勒了勒竖起的衣领

暮色深沉寒露起

2022 年 10 月 8 日

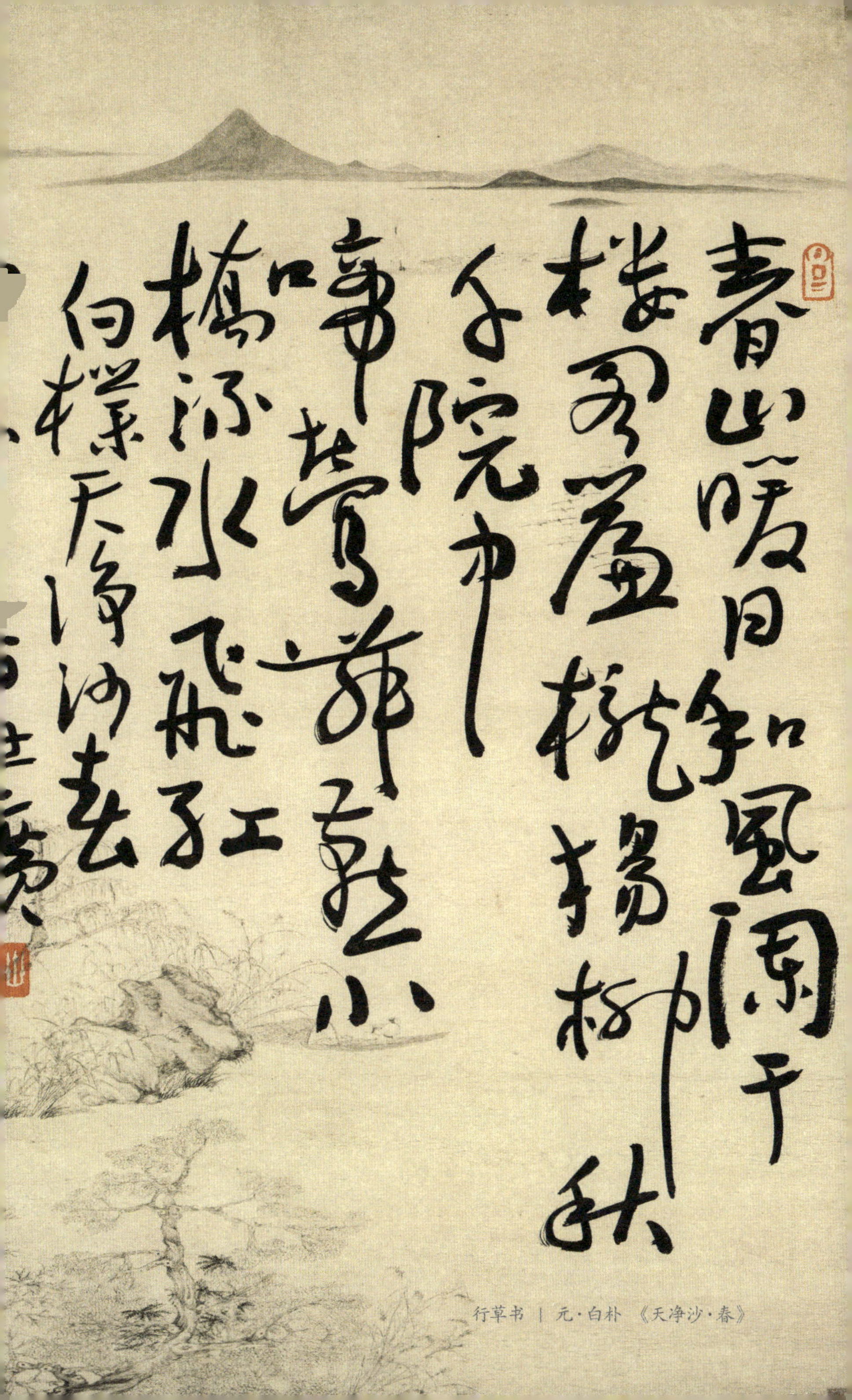

行草书 | 元·白朴 《天净沙·春》

霜降

夜夜拥挤不堪的梦里

鲜有黄叶的影子

虽然喜欢秋天

每每是悲伤的情绪压着

浪漫的心思

昨晚一直在奔跑

时光已困顿

太阳在银杏树间闪躲

树叶如纸钱飘落

日渐消瘦的季节欲望膨胀

2022 年 10 月 23 日

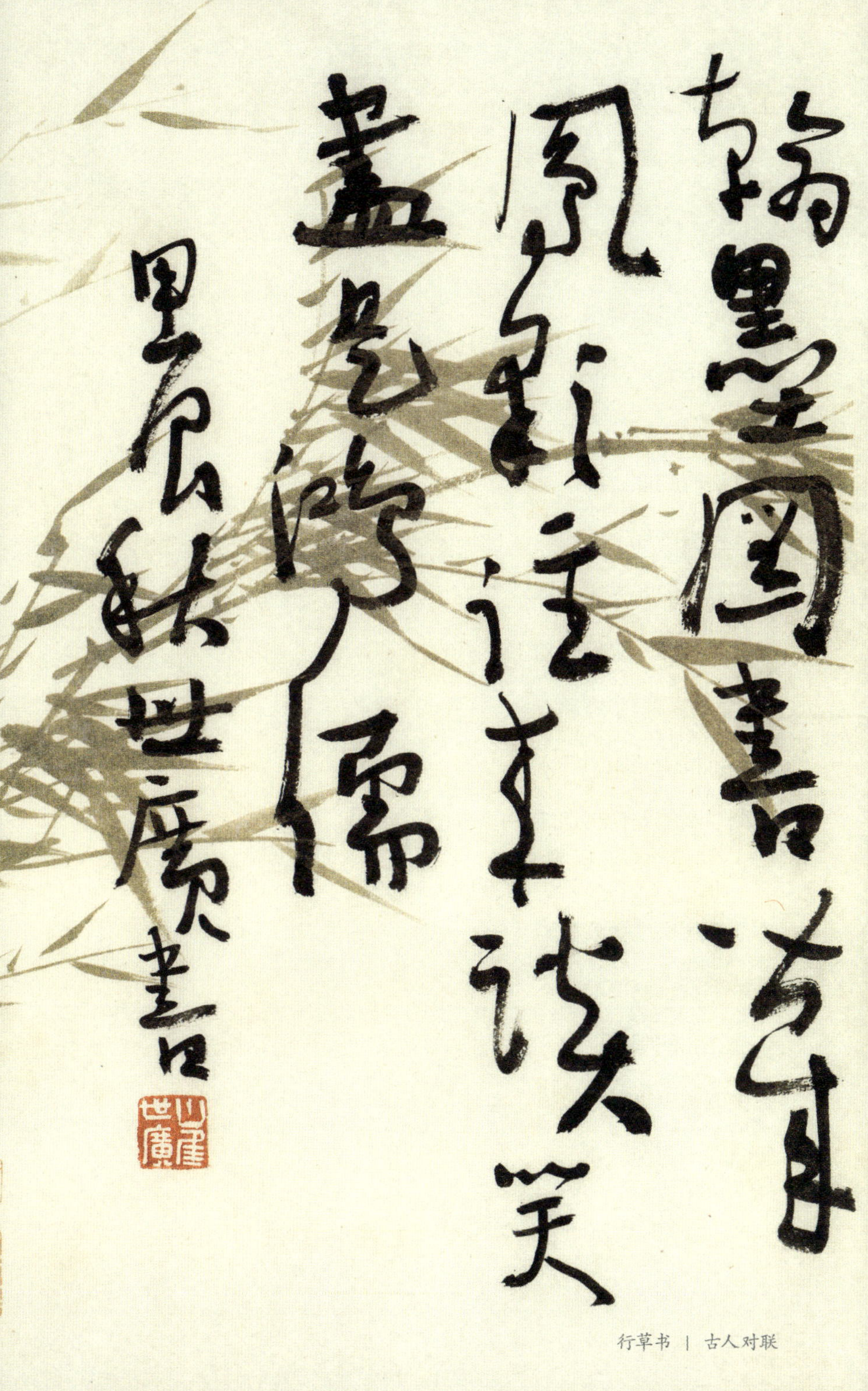

立冬之殇（一）

阴郁持续了半月多

心里找不到一片向阳之地

秋色向暮

你还没有归期

他还没有回程

红的，黄的叶子，悬挂着

是风景，掉下来任踩踏

不知疲倦，扫了还落

像一批批剥离城市的人群

此刻，我依旧在雪池胡同里

徘徊

季节的感伤总令我静默

也静默着一座座城池

乌鸦在树间唱着

孤独的歌

黑暗无门夜色低垂

冬日何处藏匿

那带血的种子

和濒临死亡的心

2022 年 11 月 7 日

小雪十三行

雪池胡同叶落无数

雾霾　谎言在古老的天空弥漫

冷寂从瓦楞间掠过

日子料峭着亦如从前

善良的人们一次次

闭眼　张口　问天

乞求那一方块的绿色陪伴

穹顶之下　默然无言

小雪　就这样草率地到来了

那就下一场吧

洗去我沉积千百日的疲倦

也将这落叶掩埋

孕育浩荡无涯的春色

2022 年 11 月 22 日

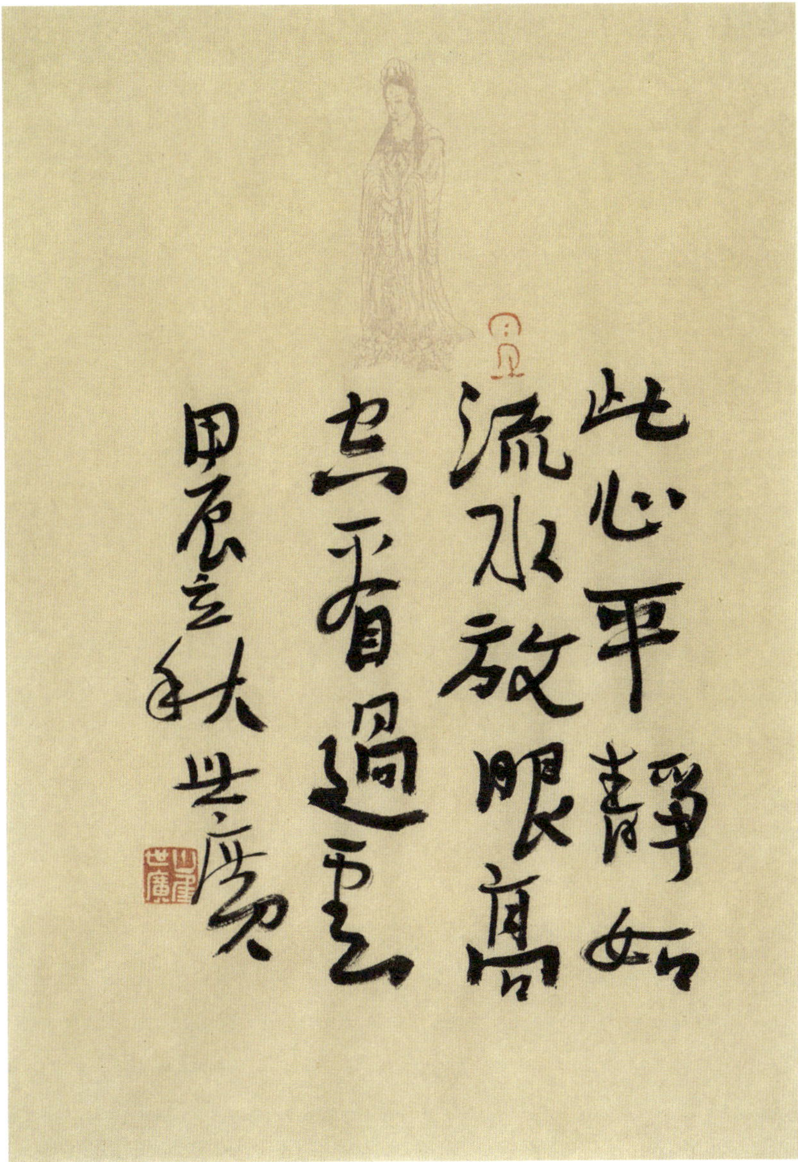

行书 | 古人对联

咏怀（二）

时间在苍穹里是个虚无的东西

一瞬间居然可以是一世纪

低级的物种幼稚地过家家

权力　地位　魑魅魍魉

年轻的太阳窘困地升起

应付着无聊的朝九晚五

辞旧迎新只是渲染的说辞

蜉蝣　蟪蛄　新年吉祥

2023 年 1 月 1 日

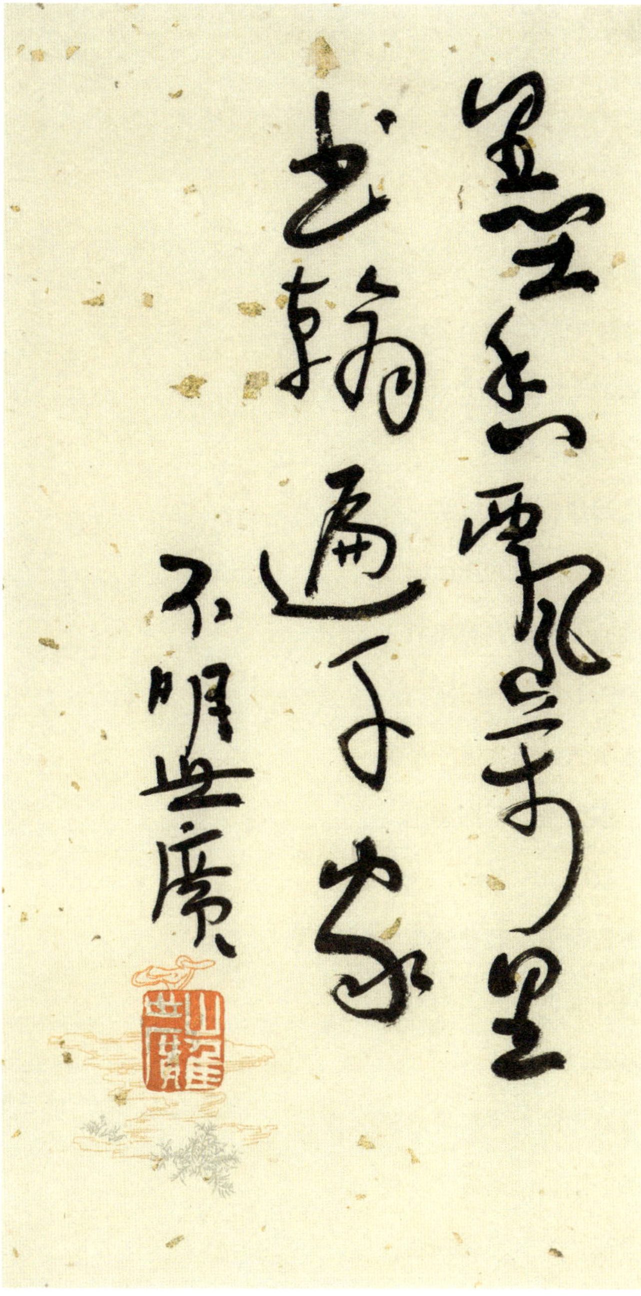

殇·寒

冷月悬窗

方知小寒至

这个冬天特别冷

记忆跌宕翻涌

忆起老屋的土炕头

奶奶蒸笼里的新面馍馍

烫酒的锡壶冒着热气

是爷爷早饭的日常

水蒸气爬满木格子小窗

一根稚嫩的手指画出

一扇门，一条路，一个远方

冬日暖阳承载着童年

对外面世界的所有幻想

多年以后

从这里踏上了平凡之路

爷爷奶奶便离开了人世

今夜，尘室寒窗独看

人事凋残，岁月惘然

如爷爷奶奶年龄的老人

相继离世

这个冬天特别冷

心底的柔软早已溃烂不堪

伸手可触的疼痛

模糊了窗外遥不可及的春天

2023 年 1 月 5 日小寒日作

惊蛰（二）

远处传来布谷鸟隐约的叫声

仿佛说着三——月——你——好

时断时续

上午的阳光随着

玻璃窗上的树影摇晃

一如我摇晃的思绪

挣脱出发霉的棺椁

厚厚的冬衣褪了一层

撕碎的裹脚布像玉兰花瓣散落一地

努力将自己唤醒

也唤醒这江山无限

去感受春天的悸动

三月的事情尽管地发生着

……

燕支湿处

梵音四起

2023 年 3 月 6 日

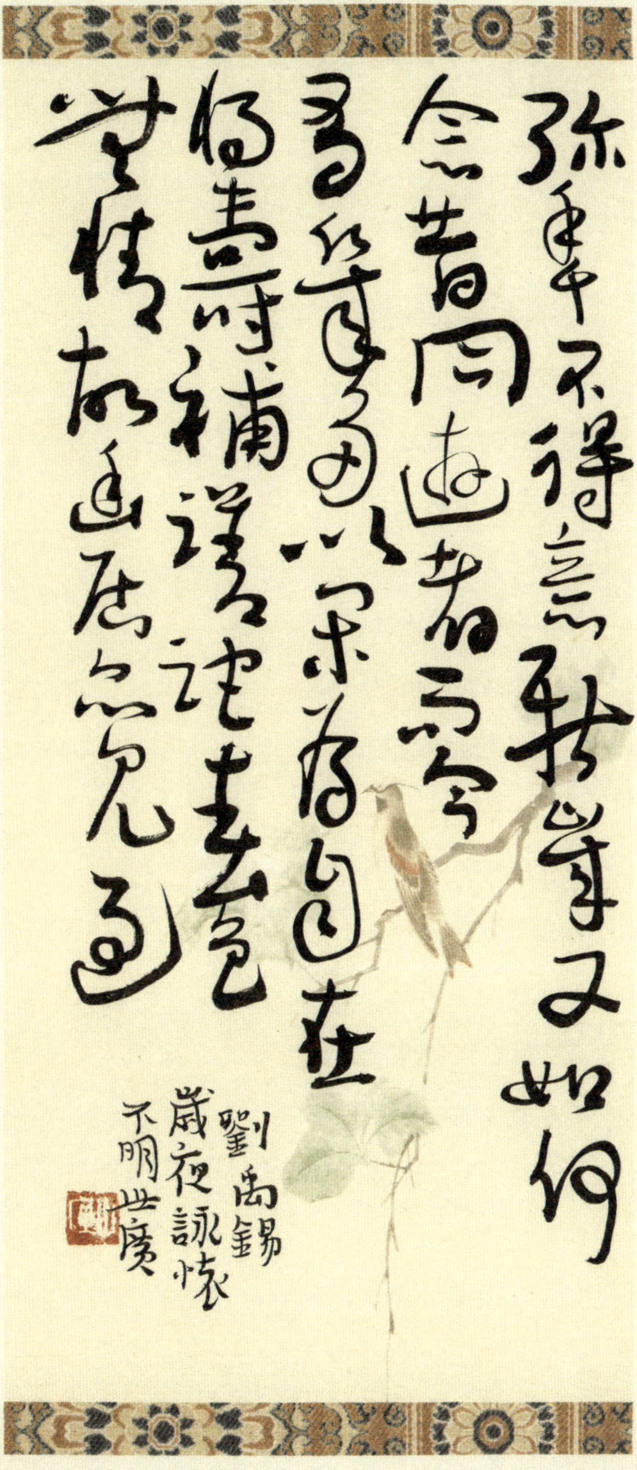

行草书——唐·刘禹锡 岁夜咏怀

错过

父亲说院子里的玉兰花开了
我又一次错过了
错过花期　就是
错过了一个春天

二十多年来我错过
好几个清明　就是
错过了见到母亲的时候

人生能有多少次错过
错过　就是——过错

幽夜闻笛路遇新柳圆月
可是故乡那一轮？

2023 年 3 月 8 日

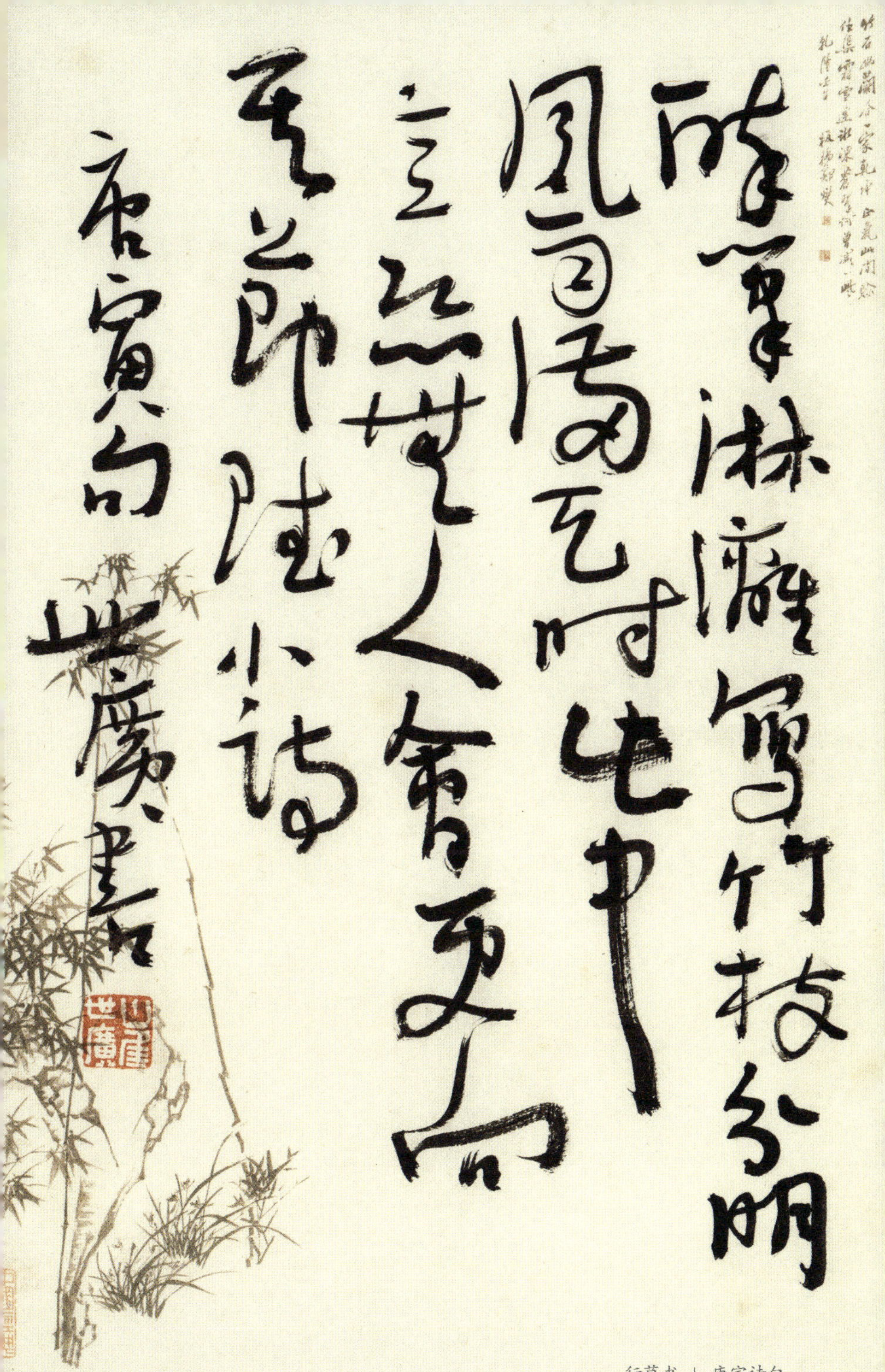

行草书 | 唐寅诗句

春分

这个时候

惆怅，虽说

远不及在秋日里饱满

当看到玉兰花

一片片剥落

本就小小的欣然

也更加清瘦了起来

剩月零风里

还是为匆匆老去的春天

低眉不语

2023 年 3 月 21 日

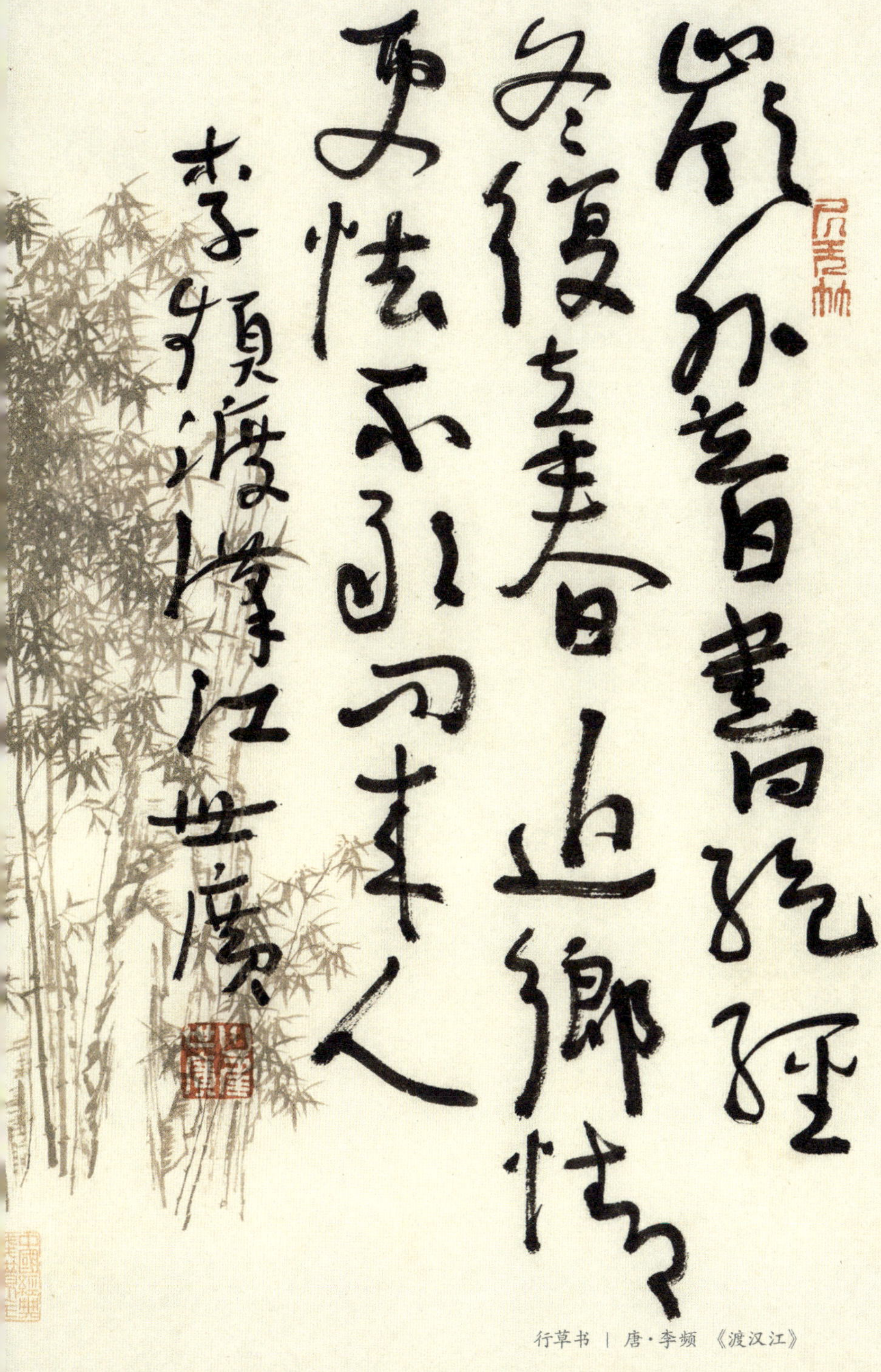

行草书 | 唐·李频 《渡汉江》

风吹半夏

薯叶发春华　葳蕤在半夏

摇曳恣性　幽香沁柔肠

时光匆忙　你是我剪裁的风景

一抹笑靥

在午后斜阳里苏醒

晨钟暮鼓　星稀月朗

风儿吹去往日也带走了梦想

思绪被撕扯　在夏日的傍晚东躲西藏

骄阳火热　内心微凉

我们沉默在一起

风吹半夏

日影仓皇

2023 年 6 月 9 日

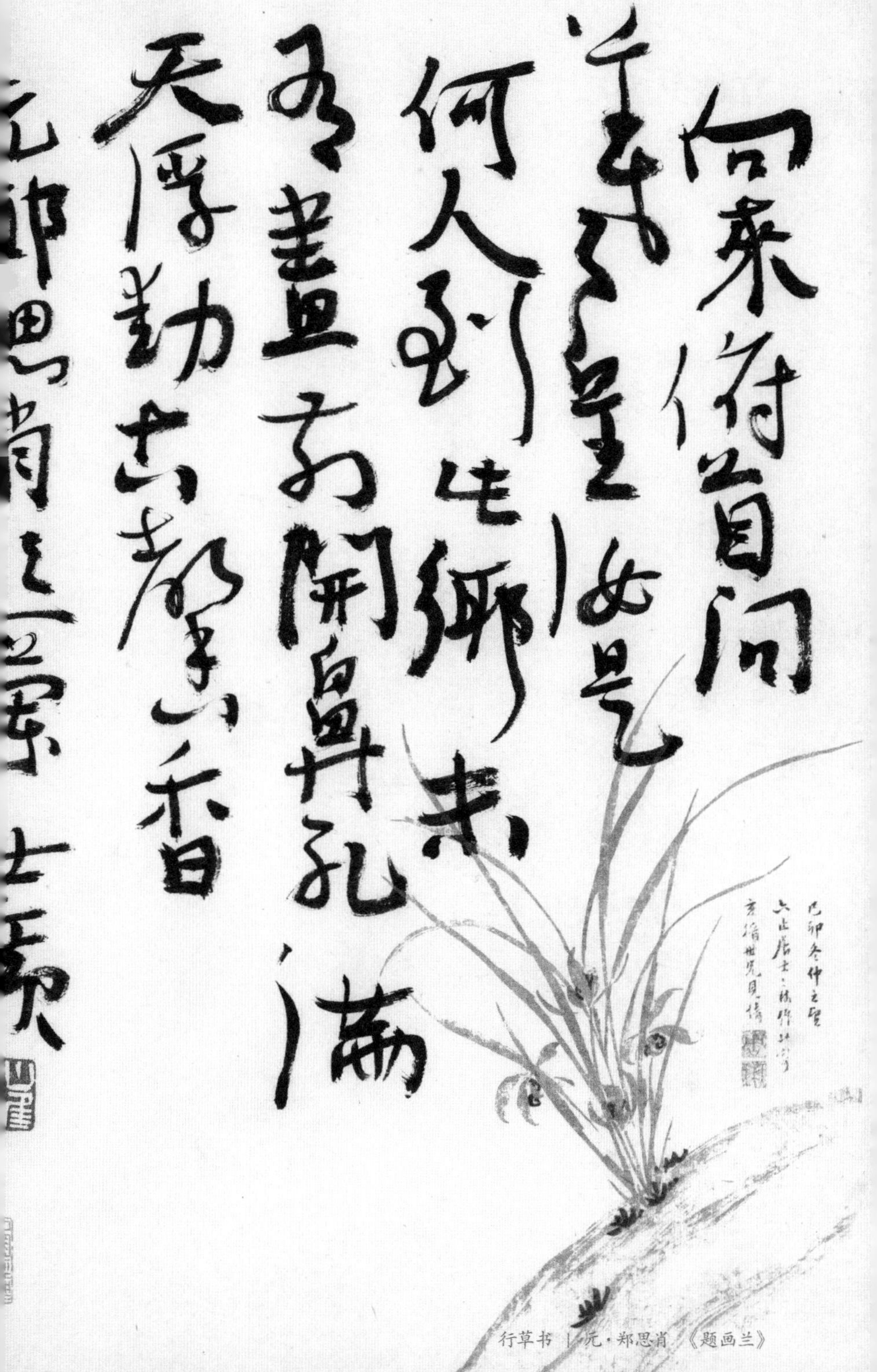

行草书 | 元·郑思肖 《题画兰》

立秋夕（二）

院子里，一只蝉打破傍晚的宁静
在枣树间嘶鸣
如哀怨，似倾诉
像秋天的邮递员，又飞去
新植铜钱草在窗台的一角
长出了三四片浮萍
也许明天，是的
它们将随夏杪的秋风
浮——沉

夜幕低垂，庄严肃穆
蟋蟀的幽吟从四周隐约传来
天地四季，人间欢喜
放眼亲爱的祖国
盛放得如此沉着大义

美丽的事物依然美丽

只是立秋如我

默默地……

2023 年 8 月 8 日

回家的方向

父亲在菜园的门口劈柴

是为冬天做饭而积攒

我从远程的画面里听到麻雀，喜鹊，知了的叫声与

刀在木墩上的“咔咔”声和谐地交响

一枝爬山虎摇晃在墙角

这是一束明媚的力量

我看见秋风就在父亲的头顶

将暑热未散的汗珠吹动

我怀念

记忆里故乡的小巷

来来回回的过往

种了一辈子地的父亲

闲不下的佝偻身影

固执地用一个小园子践行着

一位质朴农民的信仰

用愚钝的刀劈去生活的琐碎

斩断如晦的停云

父亲渴望

旧时光里的安详

让缕缕炊烟在家园的上空荡漾

他对我说：

这里是你出发的地方

要让你找见回家的方向

2023 年 8 月 14 日

这个时候（三）

立冬，朝阳未起

毅然决然地离开

赶上了第一班地下铁

灯火明灭

情味淡漠　盛世空蒙

大鹏载我于长空兮

梦为马

一觉溯千年

鹤立沙汀　鸢飞鱼跃

鹿鸣巷陌　青空栀浅

在仙台，在京都

在奈良……

秋叶原上识浅草

和歌山下过梅田

闲且弛

江风晚霞残

四面八方的消息涌入——

破产，火灾，握手，博弈

战争，冲突……

在魔幻的世间演绎

这个时候

我已然身心异处

满足于自己的高高挂起

任片片的红叶在

千端万绪里回旋飘舞

2023 年 11 月 20 日

这个时候（四）

冬至的寒月早早在枝头徘徊
我便知长长的相思已然到来
雪池胡同的落雪被剪作了诗
那一树的梅花还寻不到踪迹

我总是想象着人间的美好
殊不知岁月的真相是蹉跎
案几上的笔墨沾染了灰尘
泛黄的纸张上写满着沉沦

不要试图想说得做得太多
漫长的黑夜让你沉默畏缩
日后春风还将吹过旧山河
忧郁的小花开满南山北坡

2023 年 12 月 22 日

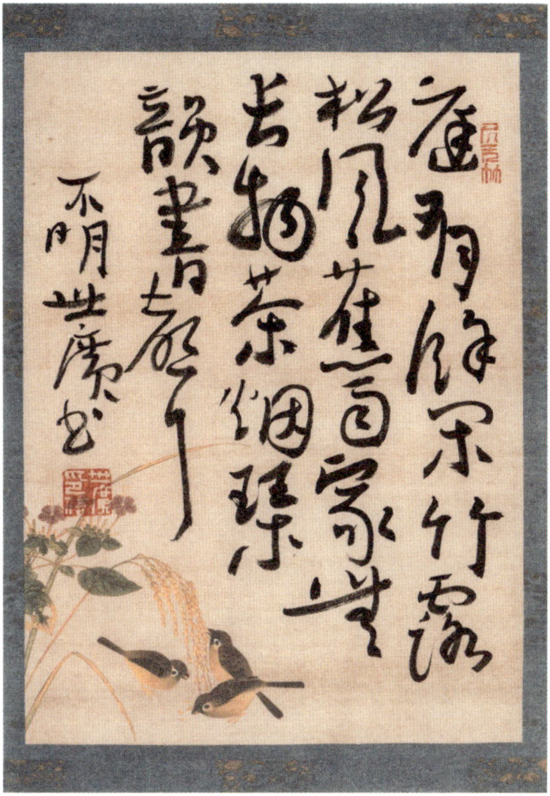

行草书 | 古人对联

这个时候（五）

我看到故乡的雪覆盖着乡愁

也将我的思念湮没

此时正立春

千里之外

望春树毛茸茸的花苞正精神

如一尊尊斑驳石窟里的造像

端坐祈祷

祈祷春风驱走寒夜

春雪荡涤尘垢

又似一支支的毛颖

朝天欲书

欲书尺素泪语千叠

鸿雁哀鸣无尽

为了曾经不经意的一句耳语

我倾尽一世的春风呵护

2024 年 2 月 4 日

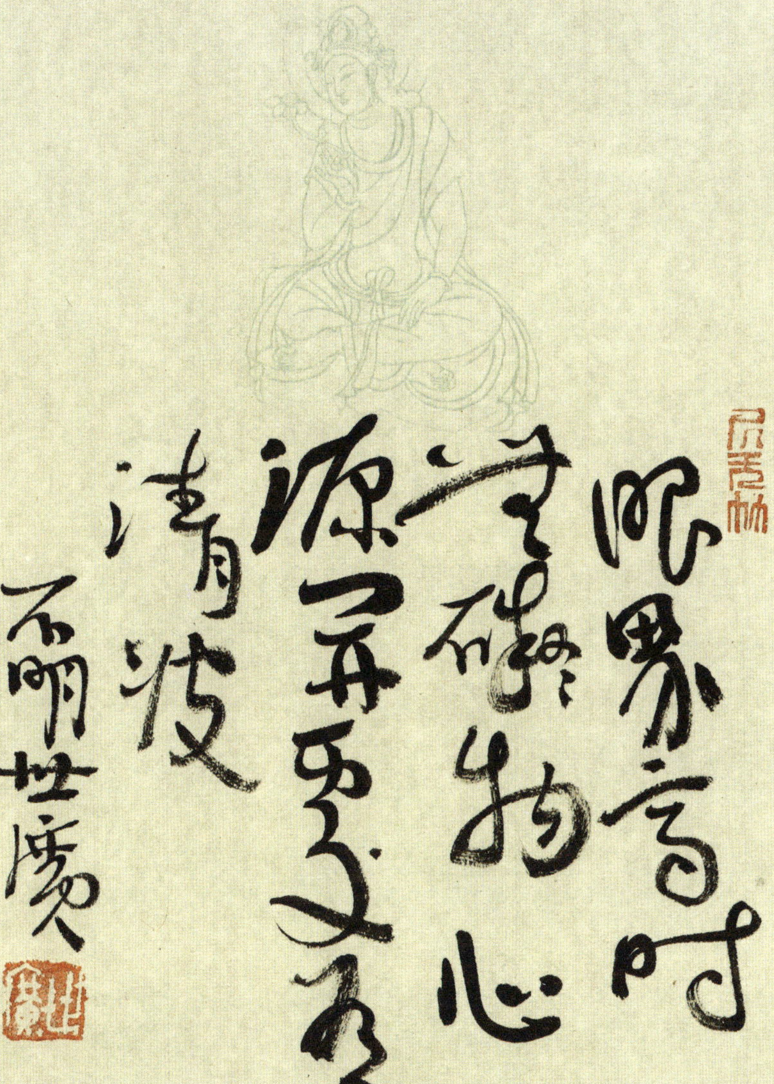

盛夏的味道

六月的思绪疯长
在仓皇执拗的脚步里

像窗外的那株构树
密密麻麻的叶子遮住了天空

青涩稚嫩的果子摇晃着
浅浅清清的忧伤

在一场淅沥沥的细雨里淋湿
嗅到了盛夏的味道

2019 年 6 月 16 日

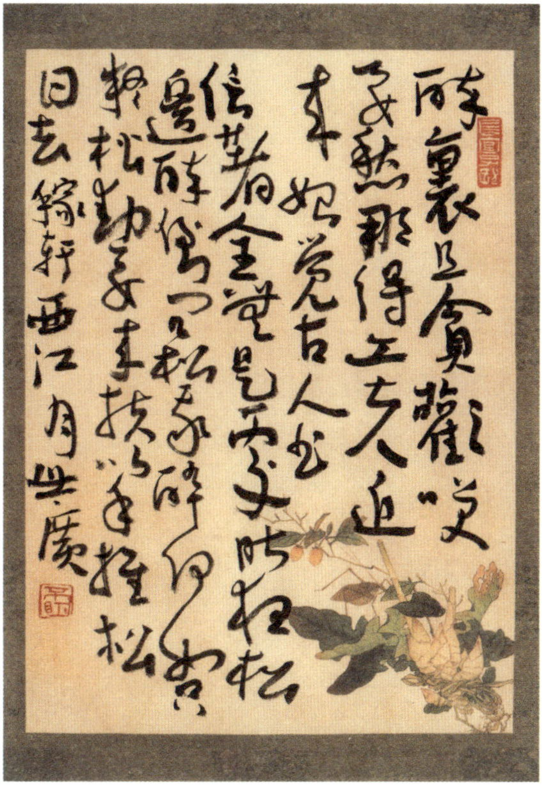

行草书 | 南宋·辛弃疾 《西江月·遣兴》

这个时候（六）

也只能是这样的春天

时间挂在梧桐梢间

桐华原上的风

拂送缓缓落下的夕阳

斑鸠鸣时隐时现

小村没有了炊烟

厨间的忙碌稍显寡淡

席间传来儿时惯听的“乱弹”

伤感顿时弥漫心间

待杯盘狼藉

有人写着春天无聊的诗篇

2024 年 3 月 8 日

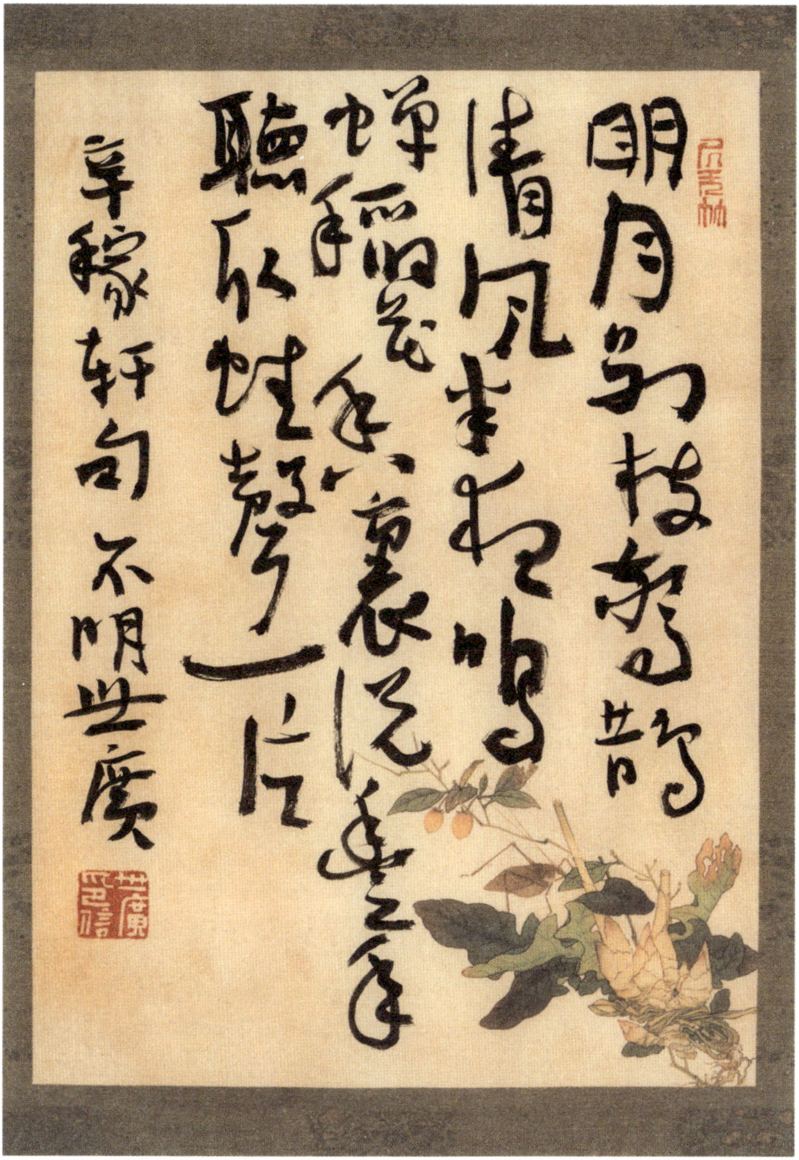

行草书 | 辛弃疾诗句

这个时候（七）

年过得慢

还未出正月

下午愁云陂陀缠绕着梦境

乌鸦，斑鸠，喜鹊

轮番落在院子里的两棵枣树上

诗一般诉说着

唤醒我蜷缩的心眼

哦

这个时候我方明白

明天惊蛰

……

天气预报说

雨夹雪

2024 年 3 月 4 日

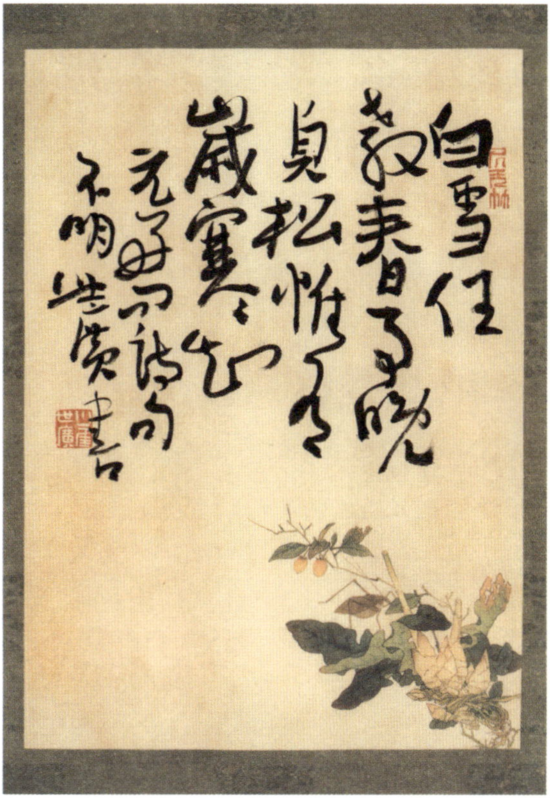

行草书 | 元好问诗句

杏花村

我是在清明之后来的

不需问酒家何处

也没有了骑黄牛的牧童

杏花旁

竹叶间

酒香的巷子曲曲弯弯

多情的四月脸颊红润

杜牧之早已沉醉

也沉醉了的我胡乱写着

杏花春雨

……

把酒问月

这不是太白之句吗

哦呵——

他也来过，来过……

2023 年 4 月 9 日

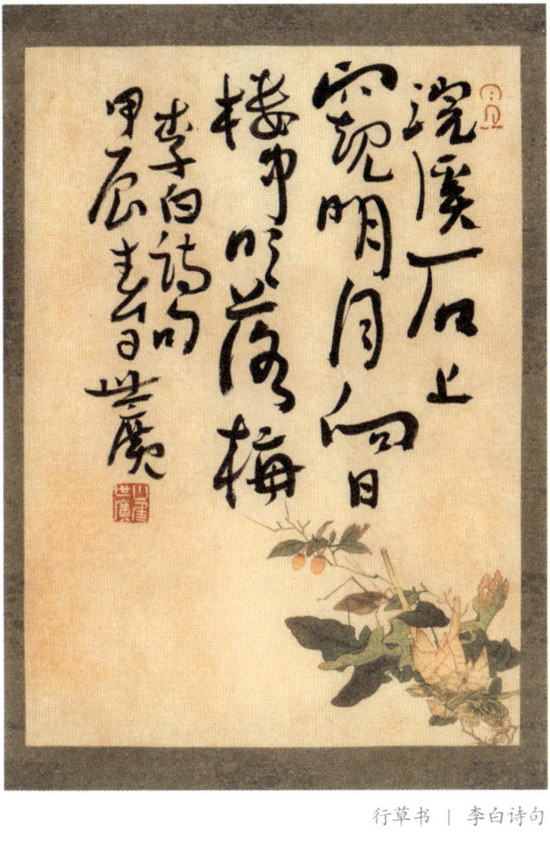

行草书 | 李白诗句

这个时候（八）

微雨欲来

桐花充盈着傲娇

夜幕低垂

槐树的手伸向天空

春梦如斯

谷雨一天天迫近

寂寥的心绪渴望苏醒

诗人完不成的诗句

不是词穷的推托

四月里的发声

都在夕阳里隐去

春天显然沉重

人们换取着单衣

2024 年 4 月 18 日

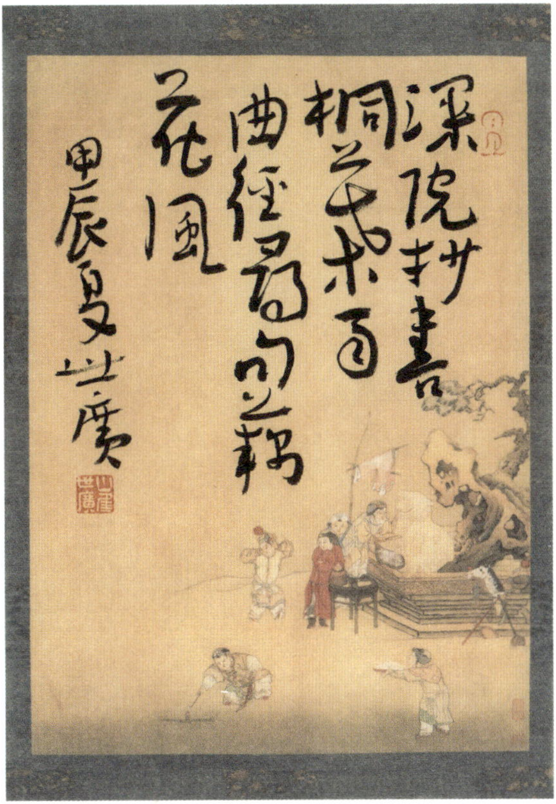

行草书 | 古人对联

这个时候（九）

春天是一支短曲
幽怨而清寂
打开湿漉漉的心扉
不留神转瞬即逝

去吧
阳春三月　既望
去听箫声里的广陵
二十四桥的月明

豆蔻老春风
一笑江湖薄幸名
曲终人未散
珠帘半掩少年头
西湖烟雨瘦

2024 年 4 月 28 日

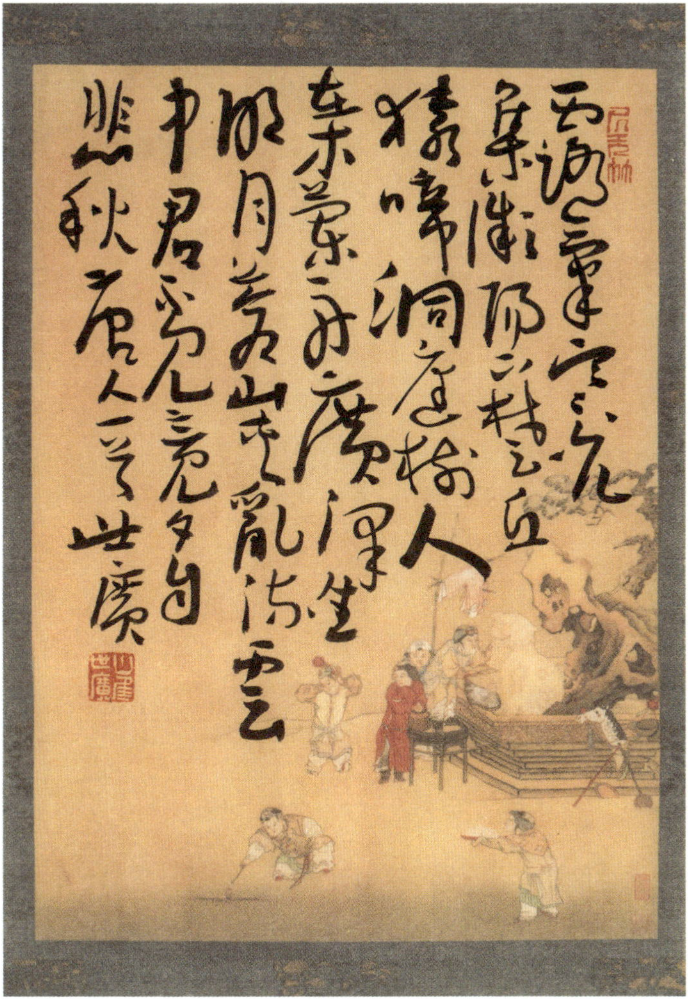

行草书 | 唐·马戴 《楚江怀古三首·其一》

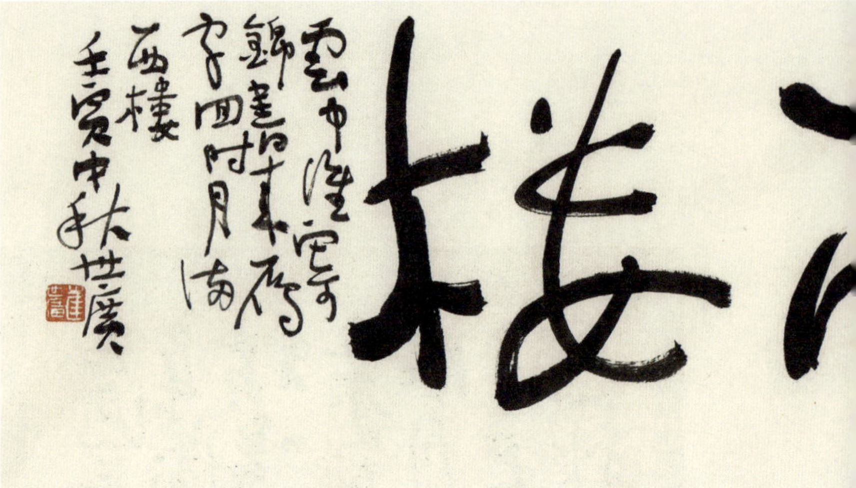

七月

门前的树木葳蕤了起来

心情蓦然颓废

巷子里的七月

槐米簌簌落下

光阴碎了一地

老摇滚的旋律在耳畔回旋

旅人的脚步匆匆

曦光拽晚霞

此时情境似乎在以前发生过

说不明　道不破

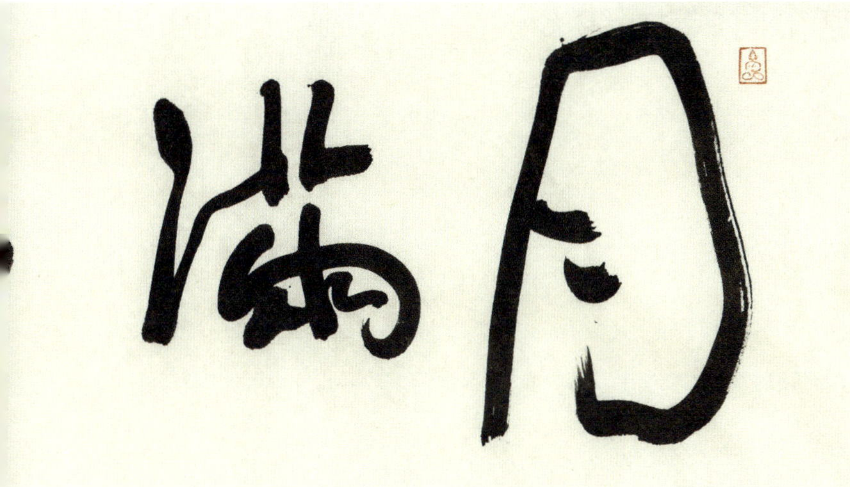

行书 | 月满西楼

相知人的几通电话数语

想起很久以前也这么语重心长过

人间世

烟火清欢自消磨

记忆的雨夹着花瓣飘洒

轻了流年

老了情话

2024 年 7 月 7 日

这个时候（十）

已经许久没有

坐下来写一首诗

不因碌碌无为的奔波

更不为生活琐碎如乱麻

只因词穷的窘困

和情所未至无法表达

今天的我

还是要羞怯地站起来

说一声：辛苦了祖国

七十五载岁月光华

你伟岸的身躯从不惧蹂躏

任凭刽子手凶面獠牙

你绰约的风姿多情温良

秒杀一切魑魅魍魉

纵有误入歧途的时候

你也能审时度势识破贼首

再多的苦难

你从未低下高昂的头颅

扬帆远航

谁不会有迷茫的时候

苍蝇，老鼠，蛀虫都将化为乌有

改革征途漫漫

纵然你有千疮百孔

请你相信：

儿不嫌母丑

我愿做一只忠诚的狗

2024 年 10 月 1 日

小雪

小雪村庄　碎碎念念

像一首民谣

低吟

朴素直白　朦胧温婉

谁把心思小心地装订

在那空旷的原野

还是无法逃脱昨日

堆成的雪人　深邃的眼神

音符被油腻沾染

童真早已灰飞烟灭

你厌倦了粉墨

在欲望的世界里兜转

杨树叶正在落下

故事还在发展

阳光缝隙　清白之年

2021 年 11 月 22 日

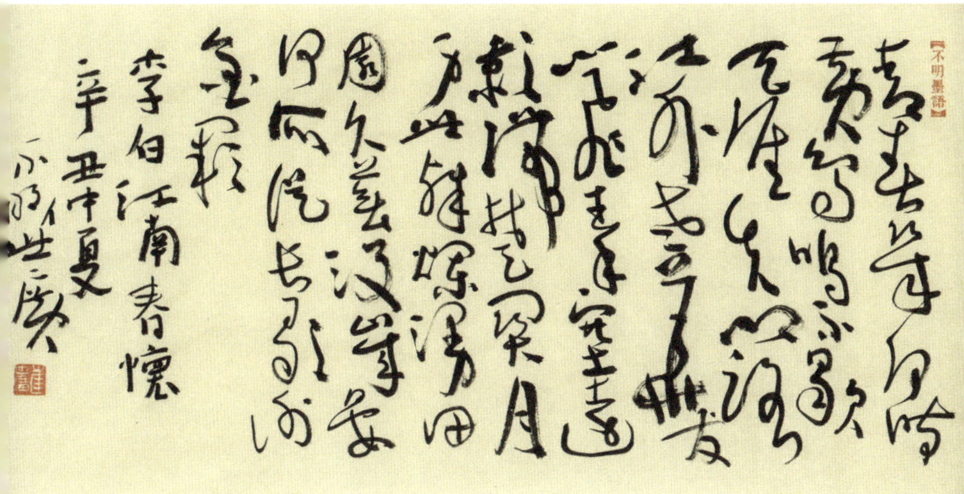

行草书 | 唐·李白 《江南春怀》

处暑

傍晚片云如墨

在楼宇间盘桓交错

城市的天空

令我如井底之蛙

将诗情蜷缩

当暗夜缓缓凉风吹过

两颗星子闪烁

路边小圃虫鸣隐约

虽一隅方寸但情怀难隔

你我共赴千年承诺

出暑无言

秋意婆娑

2022 年 8 月 22 日

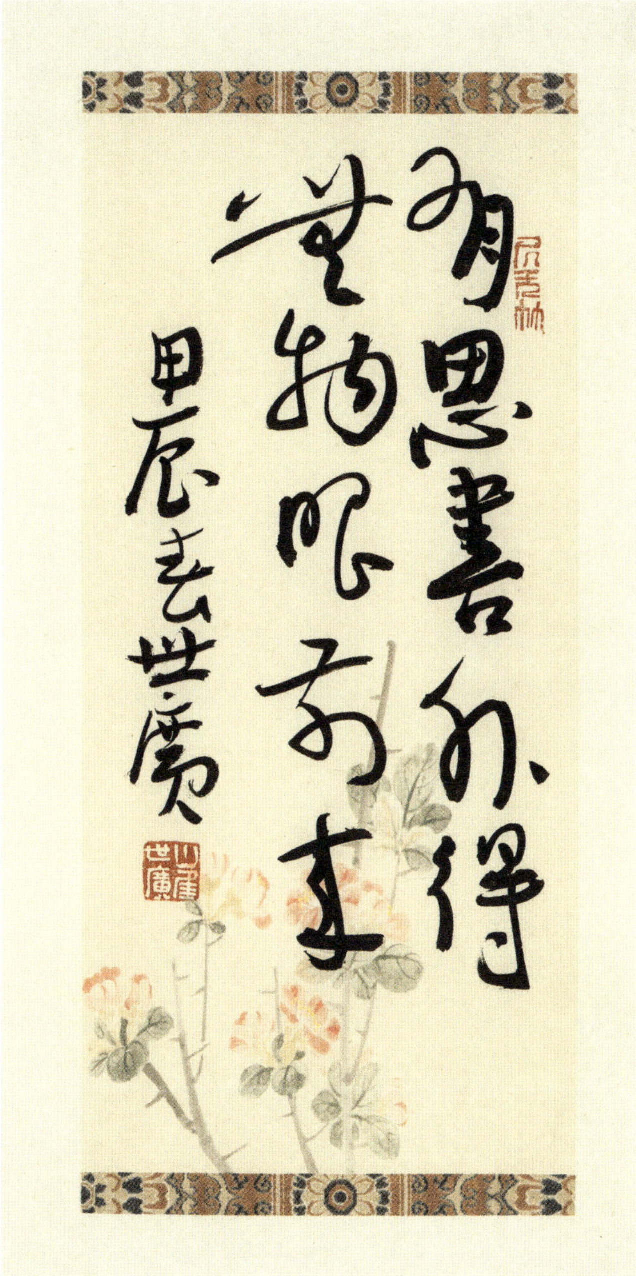

夜行禅院

夜云绕月玉宇低垂

禅院蛩鸣四野

几片树叶

从月亮身前摇摇欲坠

落下再落下

秋天越来越深

一程山水摇梦远

怀民亦未睡

子瞻犹堪怜

2024 年 10 月 17 日

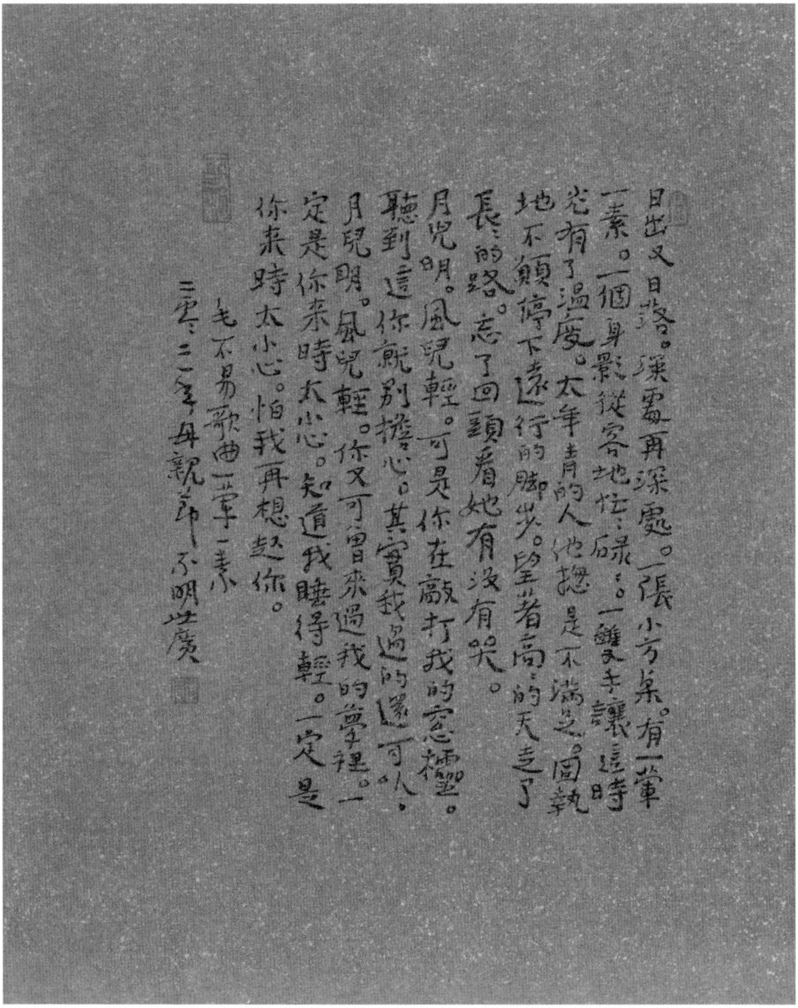

小楷 | 毛不易《一荤一素》歌词

水培红薯

一束光穿透窗棂

落在你的身上

生命的全部被照亮

我惊异于水中

银丝般娇娆的根须

游弋着如诗般的音符

寂寞芬芳

在这逼仄的杯中

你恬然从容，琼姿英发

而我——红尘辽阔

却怯懦惶恐，颓唐消长

2024 年 11 月 24 日

悲秋将歲晚。繁露已成霜。遍渚蘆先白。沾籬菊自黄。應鐘鳴遠寺。擁雁度三湘。氣逼襦衣薄。寒侵宵夢長。滿庭添月色。拂水斂荷香。歇念蓬門下。窮年在一方。

唐顏粲白露為霜

庚子冬西湖小明世廣

小楷 | 唐·颜粲 《白露为霜》

这个时候（十一）

鸦鸣隐约传来

无序晃动的光影

在雪池胡同的小屋里

午睡前的蒙眬

幼时姥姥的小窗后

土坡上有人来来往往

风吹落枣树上最后一片叶子

瘦长的影子在阳光下战栗

想说着什么

总是言不及义

万千红尘中

一切正在失去

无能为力，总是

在母亲襁褓里哭泣

村边的小河芦花遍野

在怀揣春天的冬日

“可耻”而“卑微”地

抚摸平淡的日子

2024 年 11 月 21 日

黄山脚下

时间煮岁月

清风抚早霞

流走的一个个的秋天啊

白墙又青瓦

烟霞弥漫处可是谁的家

晚熟的稻谷静静听

一曲溪水向远方

马背上的人迷失了方向

墙头风雨凄凄

青梅渐老垂杨枯枝

2024 年 10 月 19 日

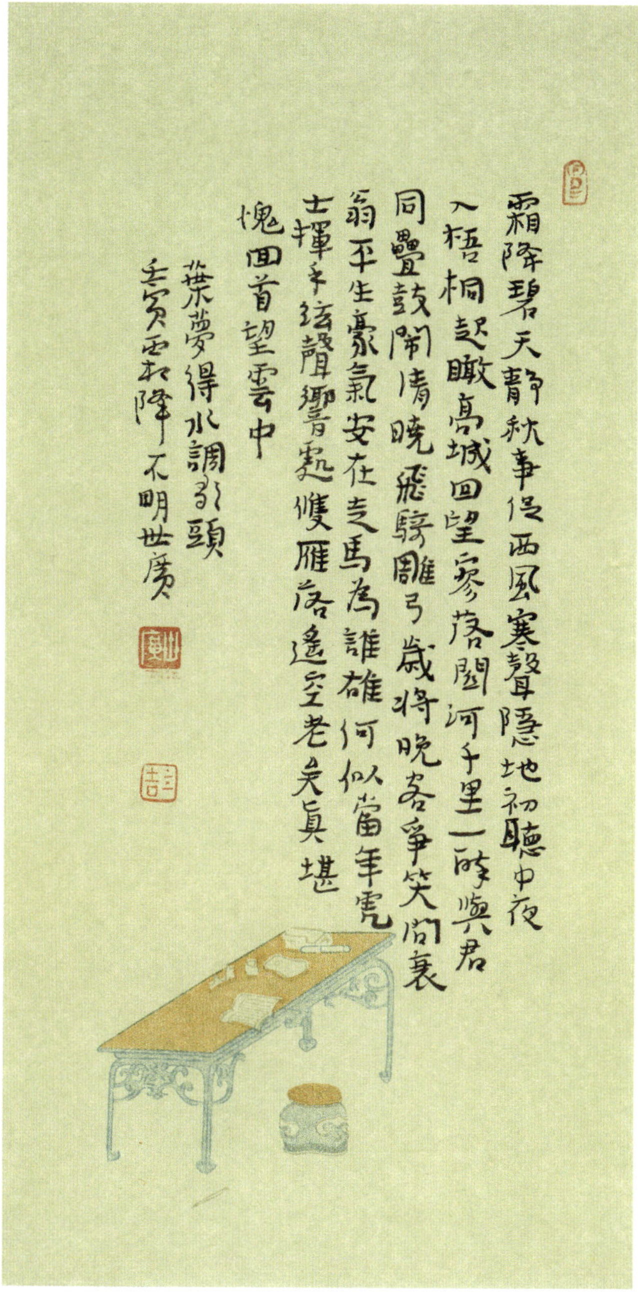

小楷——宋·叶梦得 水调歌头·霜降碧天静

写瓷自嘲

将文字写于胚胎

灰色的线条

塞进窑炉

等待盲盒打开

姿态羸弱

青花斑驳

恰如投胎于人世的我

跌跌撞撞

胆小懦弱

娘胎里已被烙上

“平凡俗子”

的印记

2023 年 10 月 7 日

先生不知何許人也亦不詳其姓字
宅邊有五柳樹因以為號焉閑靜
少言不慕榮利好讀書不求甚
解每有會意便欣然忘食性嗜
酒家貧不能常得親舊知其如此
或置酒招之造飲輒盡期在必醉
既醉而退曾不吝情去留環堵蕭
然不蔽風日短褐穿結簞瓢屢
空晏如也常著文章自娛頗示己
志忘懷得失以此自終贊曰黔婁
有言不戚戚於貧賤不汲汲於富貴
其言茲若人之儔乎銜觴賦詩以樂
其志無懷氏之民歟葛天氏之民歟

上陶淵明
五柳先生傳
不明世房

立秋

院子在中轴线的西侧发呆

大街上的嘈杂与此无关

我躲在屋子里

表情木讷

内心澎湃

推开窗打开门

却打不开天空之门

雨不来

一只乌鸦路过

从一棵枣树转移到另一棵

飞走了

叫声却落在

我刚铺开的宣纸上

久久跳动着

一个个秋天寂寞的音符

2024 年 8 月 7 日

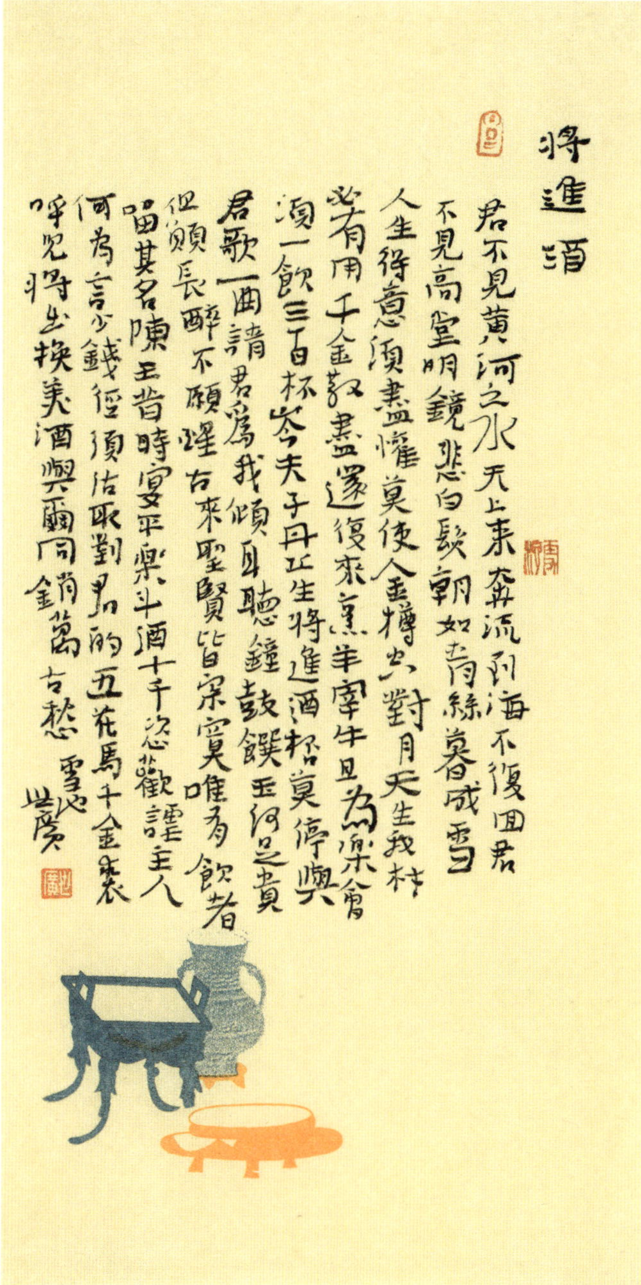
将進酒
君不見黃河之水天上來奔流到海不復回君
不見高堂明鏡悲白髮朝如青絲暮成雪
人生得意須盡歡莫使金樽空對月天生我材
必有用千金散盡還復來烹羊宰牛且為樂會
須一飲三百杯岑夫子丹丘生將進酒杯莫停與
君歌一曲請君為我傾耳聽鐘鼓饌玉何足貴
但願長醉不願醒古來聖賢皆寂寞唯有飲者
留其名陳王昔時宴平樂斗酒十千恣歡謔主人
何為言少錢徑須沽取對君酌五花馬千金裘
呼兒將出換美酒與爾同銷萬古愁
雪心 世廣

小楷——唐·李白《将近酒》

葫芦

院子里的两棵葫芦

无精打采

面对为它搭建的平台

胆怯，羞涩

无论晴天、下雨

日暮，清晨

迟迟不愿往上攀爬

愚人节那天种下

现在已过去四个节气

面对芒种

它失去了该有的青葱与锋芒

我试想着它的心理

揣测挣扎左右为难

与我的心思不谋而合

2024 年 6 月 6 日

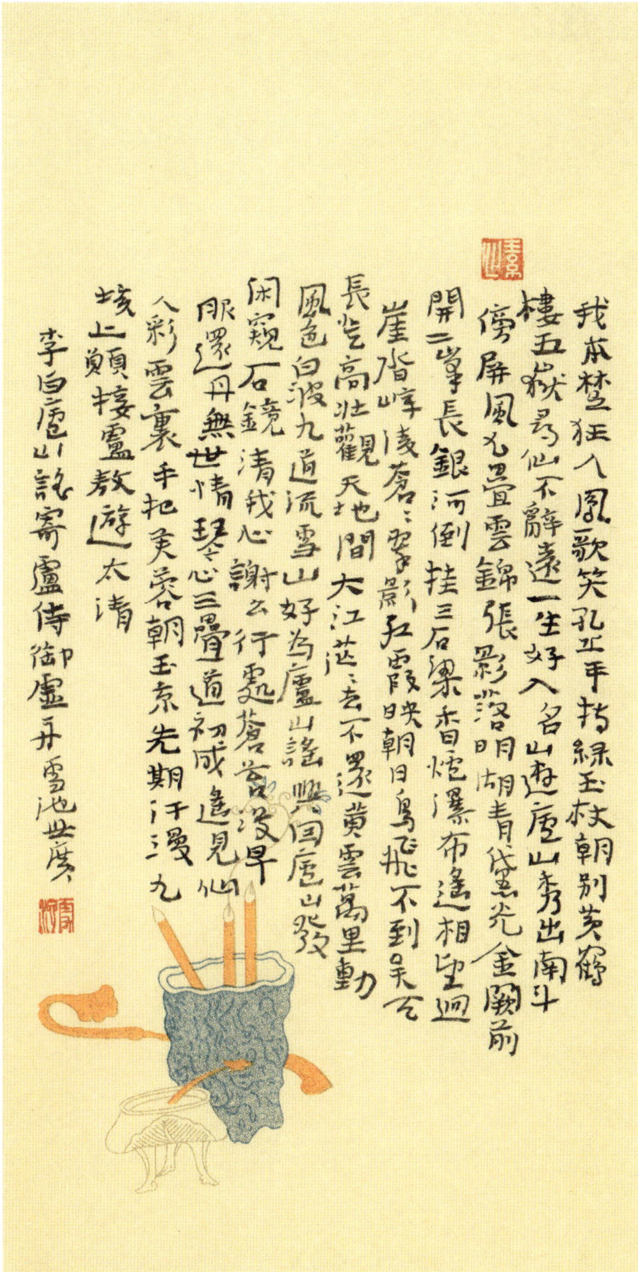

小楷——唐·李白《庐山谣寄卢侍御虚舟》

玉渡山

朝着天边的白云行进

盘山路幽静缠绕

渐渐老去的枫叶和藤蔓

点缀在冷峻的崖壁间

云朵在树梢迂回

凉风扑面

路边悬挂的风车

流转着时光

摇晃着十月

忘忧湖畔

孩子们笑脸追逐

牵引的风筝

白云慢慢隐去

天空深蓝一丝不挂

2024 年 10 月 2 日

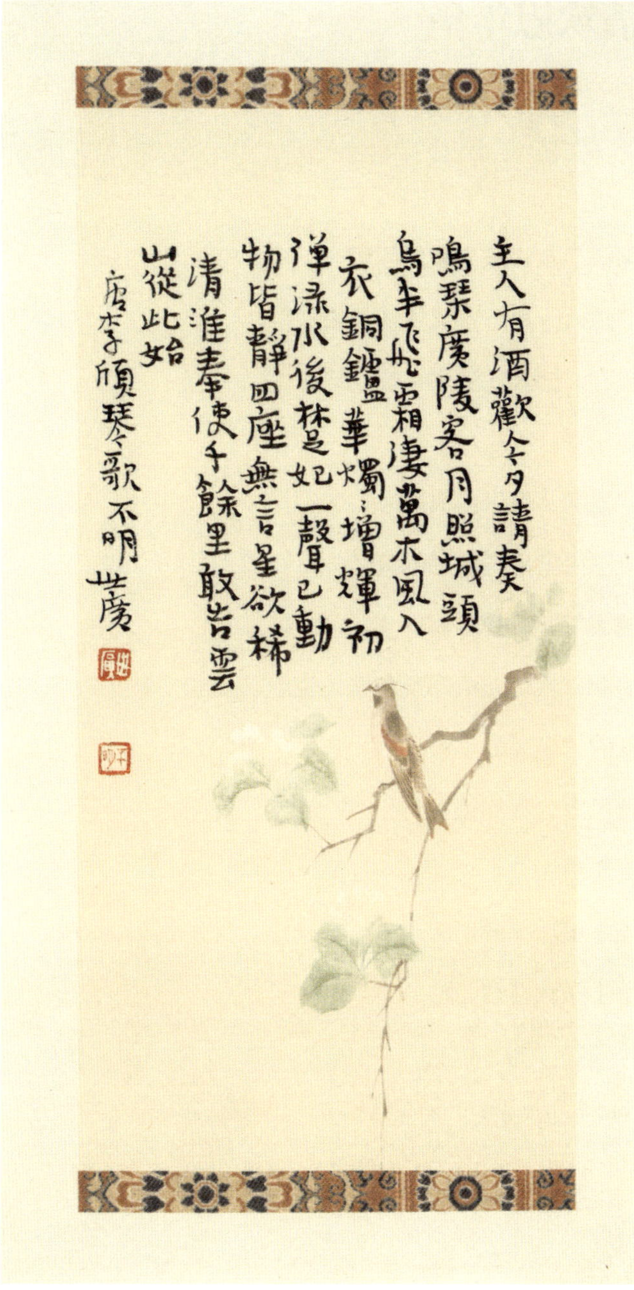
主人有酒歡今夕請奏
鳴琴廣陵客月照城頭
烏半飛霜淒萬木風入
衣銅鑪華燭燭增輝初
彈淥水後楚妃一聲已動
物皆靜四座無言星欲稀
清淮奉使千餘里敢告雲
山從此始
唐李頎琴歌 不明
世廣

小楷——唐·李颀《琴歌》

清欢慰年华

国庆节友人发来微信问候
“进入十月一年又快要过去了”
我回：愿我们健康平安，清欢
慰年华
“是啊，你讲得真好”
接下来就是长时间的沉默
健康平安谈何容易
清欢，我们无法问及东坡先生
此时，京郊的小镇
秋风里，我仰望
山峦清晰
人生更加单薄了起来
心中长满苔藓，枯草

2024 年 10 月 2 日

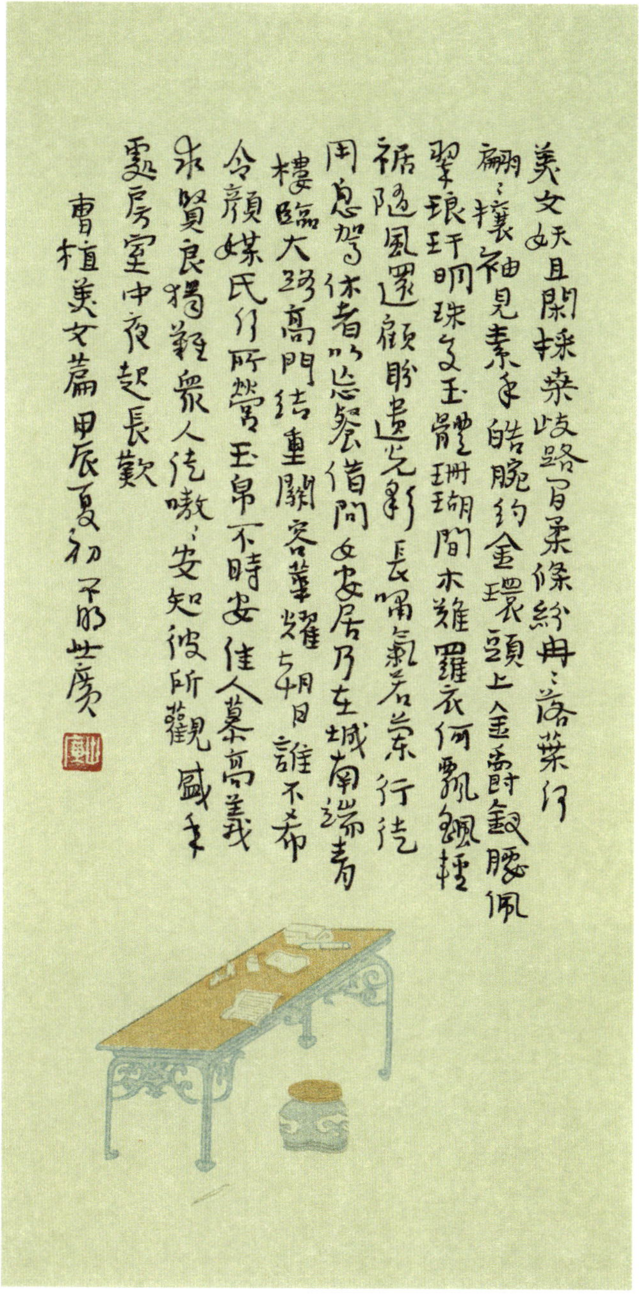
美女妖且閑採桑歧路間柔條紛冉冉落葉何
翩翩攘袖見素手皓腕約金環頭上金爵釵腰佩
翠琅玕明珠交玉體珊瑚間木難羅衣何飄颻輕
裾隨風還顧盼遺光彩長嘯氣若蘭行徒
用息駕休者以忘餐借問女安居乃在城南端青
樓臨大路高門結重關容華耀朝日誰不希
令顏媒氏何所營玉帛不時安佳人慕高義
求賢良獨難眾人徒嗷嗷安知彼所觀盛年
處房室中夜起長歎
曹植美女篇 甲辰夏初 世廣

小楷——两汉·曹植 美女篇

院中

这是最初的秋

硕大的云团簇拥在

蓝丝绒般的天空

这是一场大雨过后的美妙

我知道这里的天空不一定与你相连

我也渐渐失去了

分享的欲望

末伏的蝉在院子里

声嘶力竭

构树拉长着身姿

忙碌的人们没有顾及这一切

日子，就这样流逝着

2024 年 8 月 14 日

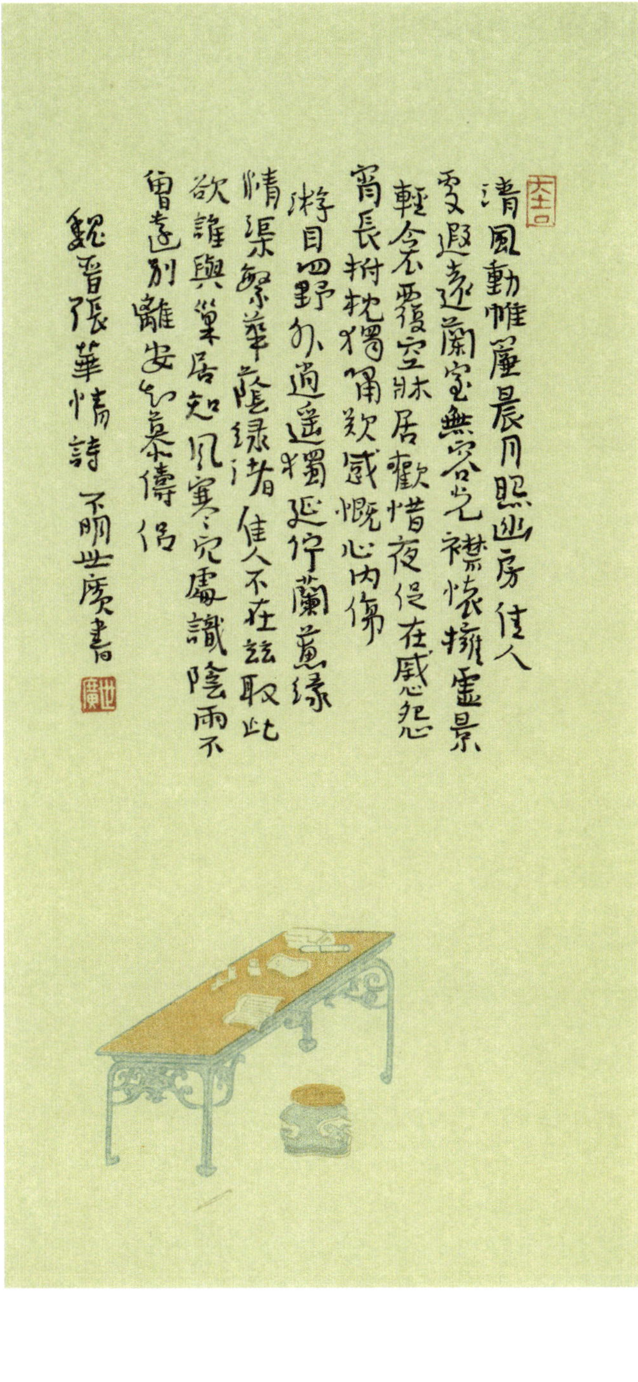

小楷——西晋·张华 情诗五首（其三）（其五）

时光·再见

三只喜鹊

在村口的秃头柳树上

时而落下，叽叽喳喳

晨曦被密叶分割下来

就喜这凡尘的爱　斑斑点点

秋风辽阔

远山可见

我相信

这世间的相遇

都是宿缘

昨日窗前目光炯炯

时光再见

一程安然

2022 年 10 月 4 日

春愁一段来无际，著人似醉昏难理。烟雨湿阑干，杏花惊蛰寒。唾壶敲欲破，绝叫凭谁和。今夜欠添衣，那人知不知。

惊蛰诗词

宋萧汉杰菩萨蛮云也

春雨 不明无贤书于京华

这个时候（十二）

日上煤山

戳破万春亭冬日的寂寥

三百多年前那天阳光和煦

难掩四月的悲伤

一个王朝在一棵歪脖树上

戛然而止

此时

帝都中轴线上的繁华

来往人群

鸦鸣四起

2024 年 12 月 17 日

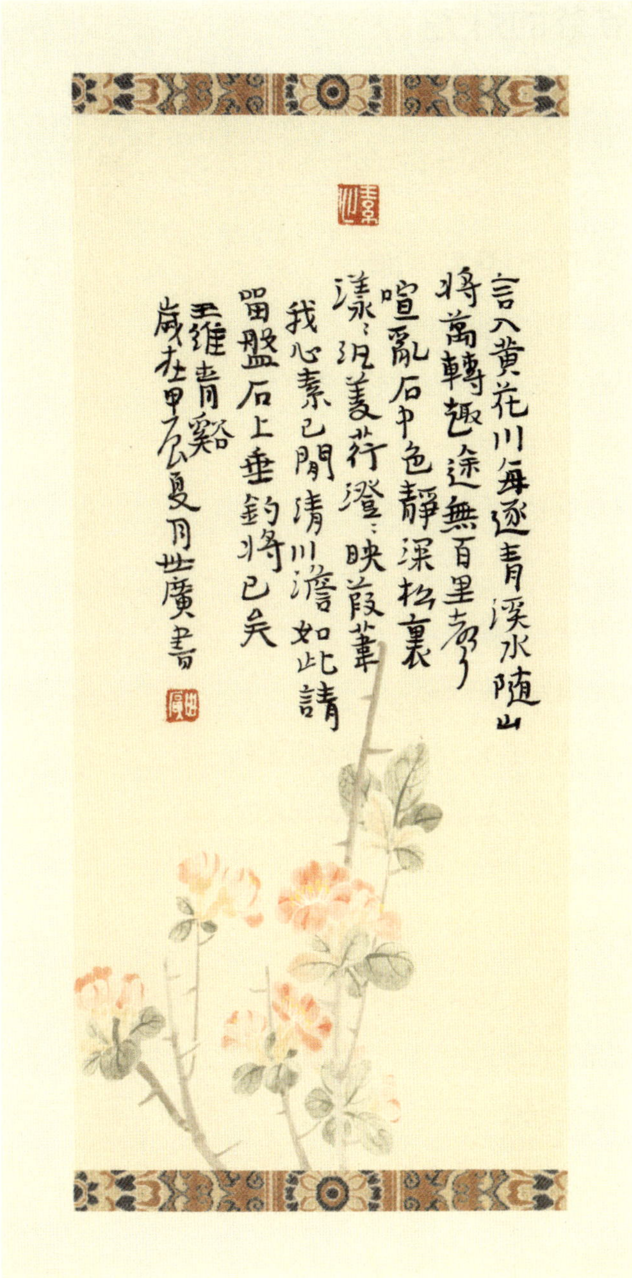
言入黃花川每逐青溪水隨山
將萬轉趣途無百里聲
喧亂石中色靜深松裏
漾漾汎菱荇澄澄映葭葦
我心素已閑清川澹如此請
留盤石上垂釣將已矣
王維青谿
歲在甲辰夏月世廣書

小楷——唐·王维 青溪

爷爷的灯笼

几十年前爷爷盖的门楼
两侧有挂灯笼的钩子
从春节到元宵每晚灯笼就亮了
是整个村子里的一道风景
这是爷爷亲手做的宫灯

去年要老房翻新
电话里我对哥哥说
动土的日子在心里跟爷爷念叨念叨
毕竟这房子是他一砖一瓦盖起来的
陪伴爷爷近半个世纪
他说：嗯
兄弟之间总是这么沉默简单
就如同我与父亲
父亲与爷爷
男人之间的如金寡言

门楼落成后

没有看见挂灯笼的钩子

我低头强忍住

欲滴的泪水

怀念爷爷

和爷爷去世后再也没能亮起的灯笼

那个曾经照亮我童年的灯笼

伴我读书、回家、成长

……

爷爷的灯笼

2021 年 2 月 26 日

望春

摇晃着的日光在树间横斜

雪池胡同早已无雪

临幸着春的讯息

困倦的人还在迷茫

想着昨日的阴郁

和三三两两的雨点

玉兰毛茸茸的触角繁密

向着天空祈祷

像一个个远古石窟里的佛陀

虔诚仰望

哦，我记得

它还有一个名字叫

望春

2023 年 2 月 20 日

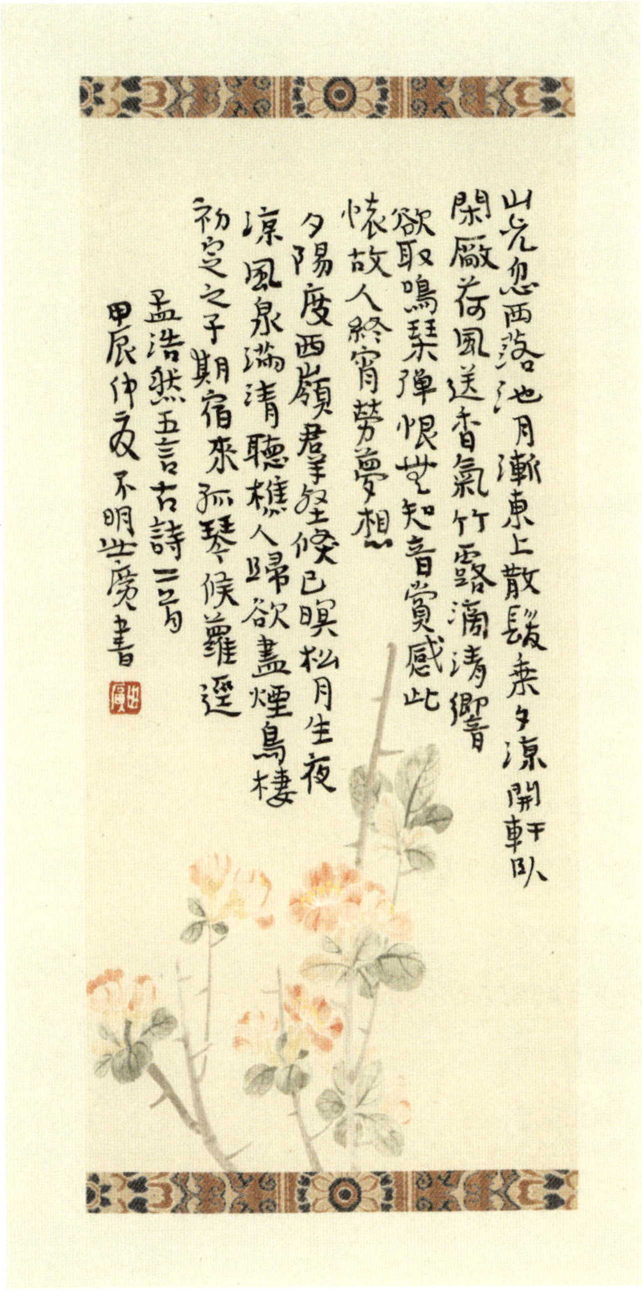

山光忽西落池月漸東上散髮乘夕涼開軒臥
閑敞荷風送香氣竹露滴清響
欲取鳴琴彈恨無知音賞感此
懷故人終宵勞夢想
夕陽度西嶺羣壑倏已暝松月生夜
涼風泉滿清聽樵人歸欲盡煙鳥棲
初定之子期宿來孤琴候蘿逕
孟浩然五言古詩二首
甲辰仲夏 不明世廣書

小楷——孟浩然五言古诗二首

大雪

我就站在“大雪”的天空下

低语

在等不来你的拥抱中

回忆

那烟灰色的往事

摇晃着的时光

潦草而清晰

不知不觉月亮已经在树间

丰腴

窥视着人世间的荒诞苟且

这个城市已经苏醒

是否还要在

一条干瘪的胡同里写诗

枯萎的思绪

让我想到了远方

还有远方的你

那就在今天做出决定

去——远——方——

接受一场雪的洗礼

2020 年 12 月 7 日

捡破烂的老人

时近深夜

胡同里已没有行人

老旧小区的门口

不亮的路灯下

一位老人正在整理着废纸箱

猛然抬头四目相对

冷风吹乱着她的白发

眼神中有坚毅与恐慌

也许是我的出现吓到了她

但随即平静

我黯然低头

到家门口的 50 米路我走得很慢

多种假设在我的心中萦绕

她是何为

我是为何

她是母亲

如果她是我的母亲……

冷风在吹

迷了我的眼睛

2023 年 10 月 22 日

西园冬日

父亲的菜园显然已经凋敝
经过一季的春华秋实
黑黑的土地泛着光
有多少肥沃深藏其中
我给菜园起了个简单的名字
——西园
因为它在庭院的西边
父亲每日从屋里走几十步
便可到此
父亲将在这里
继续雕琢他一个农民的本分
这一年我回家多次
饭桌上的菜品大多来自这里
孩子们围坐饭桌无所顾忌
玉米、大葱、萝卜、西红柿……

父亲的脸上总是挂满欣慰

简单的烹饪

香气弥漫升腾

渐渐化为我

一次次离别后的乡愁

2022 年 11 月 20 日

这个时候（十三）

黄梅时节

西子不浓不淡

湿漉漉美得动人

雨落钱塘时断时续

油纸伞绽放满街的花

入夜，我轻抚她的周身

闲步寻幽

凸凹深浅一一造访

画桥惆怅烟雨微

此时载酒我已入醉乡

西子体态润泽

更加丰腴了起来

时空没有了界限

隐约听见白乐天的马蹄声嗒嗒

看见和靖先生棹舟归孤山

东坡居士正一蓑烟雨

徘徊于临安之北

……

2024 年 6 月 24 日

立冬之殇（二）

阴郁持续了半月多

谎言和着雾霾在飞舞

一颗心找不到向阳之地

秋色向暮

你还不知归期

他羁旅天涯任翱翔

红的黄的叶子，在树上

是风景，掉下来任践踏

不知疲倦扫了还落

像一批批剥离城市的人群

此刻，我在雪池胡同里徘徊

季节的感伤总令我静默

也都沉默着一座座城池

乌鸦在树间唱着

孤寂的歌

夜色低垂，黑暗无门

冬日何处藏匿?

那带血的种子

和濒临死去的心

2024 年 11 月 7 日

万春亭上

春云有恙

晴雪泫然

城堞悉数隐去

老者若笑，将锋芒藏匿

青春的歌者在午夜

唱到了百花深处

秋天的灰涨大了眼

雾霭远山肃如

载酒入煤山

袖底有风

归去无门

2021 年 7 月 5 日

洛陽女兒對門居纔可顏容十五餘良人玉勒乘驄馬侍女金盤鱠鯉魚畫閣珠樓盡相望紅桃緑柳垂簷向羅幃送上七香車寶扇迎歸九華帳狂夫富貴在青春意氣驕奢劇季倫自憐碧玉親教舞不惜珊瑚持與人春窗曙滅九微火九微片片飛花璅戲罷曾無理曲時妝成祇是熏香坐城中相識盡繁華日夜經過趙李家誰憐越女顏如玉貧賤江頭自浣紗

王維洛陽女兒行

不明世廣書

小楷——唐·王维 洛阳女儿行

窘盒

总感叹时光的疾速

总回忆某些事情的幼稚

总想将场景再现

让一些窘境脱险

这其实是更加幼稚的想法

人生易老

后悔的事情你追我抢

即使到老去的那一天

心中仍然喃喃昨日的遗憾

生命苦短

窘困常伴

小小的窘盒将是迎接

我们的终点

2022 年 11 月 20 日

少無適俗韻性本愛丘山誤落塵
網中一去十三年羈鳥戀舊林池魚思
故淵開荒南野際守拙歸園田方宅
十餘畝草屋八九間榆柳蔭後簷
桃李羅堂前曖曖遠人村依依墟里煙
狗吠深巷中雞鳴桑樹巔戶庭無塵
雜虛室有餘閑久在樊籠裏
復得返自然

陶淵明歸園田居一首

雪池世慶書

小楷——东晋·陶渊明 归园田居（其一）

我喜欢（一）

我喜欢鸦鸣在

帝都中轴线的上空

喜欢这个二十多平米的小房

喜欢发呆

看天空蔚蓝

时序入秋

难得的静谧

又让我将过往拾回

我喜欢远行

一个人放荡

追逐生命节点的欢喜忧伤

无休止的回环往复

又让一切成为过往

我喜欢混浊不清

我喜欢矛盾相生

我喜欢

2019 年 9 月 9 日

白露

如果说

清明是二十四节气中

一位高洁傲岸的雅士

那么，白露

就是潇洒出尘的君子

清真而温润

他一诺千金

让秋色瞬间辽阔

记忆的远方里

我曾携故乡月明背起行囊

在露白的是夜离去

趁秋风未老

去体味人间的寂寞

我曾迎着初秋的晨曦

走上田野

去寻找相思的珠泪

淌落

白露永恒

君子不器

此刻再多的文字

都显得瘦弱无力

2022 年 9 月 7 日

构树

构树愈发葳蕤

如一只手掌

遮住了半个院子

挂满铃铛般翠绿的果子

于是树下添了些未上学校的孩子

它就在我窗前

我也喜欢在树荫下仰望

穿透细密的光阴

记忆里家乡这种树随处可见

多是长在瓦砾、沟崖畔

身形弯曲顾盼却坚忍执着

孤傲在它的世界

我好奇在京华的这个院子里

能有这样一棵树

见证着人们的琐碎生活

欢笑落寞

它的年轮应该比我的生命要长

我只是这里的匆匆过客而已

构树的名字很多

楮树、构乳树、榖木、假杨梅……

果实秋季变红　味美

整株树饱含乳汁

全身各部皆可入药

树下时来阵阵微风

梳理着我的思绪

仿佛回到了三十年前的小村

红红的楮实子给我的酸甜记忆

使我至今无法忘记

这棵树拉近了我与故乡的距离

天涯变咫尺

我想到了“母亲”

一样有很多名字

妈妈、娘、奶……

同样的弯曲顾盼

像伞一样呵护着身边的孩子

同样的不显眼

一身乳汁直至耗尽生命为止

这是二〇二〇年夏至的正午

2020 年 6 月 21 日

我喜欢（二）

我喜欢坐在出租车的

后排右侧

侧着脸看窗外的形形色色

无论朝阳还是落日

春夏秋冬里的

花开花谢

短暂的路途

是我最惬意的时刻

畏畏缩缩着身体

昏昏沉沉的梦境

世界只有我

城市在陷落

2021 年 2 月 19 日

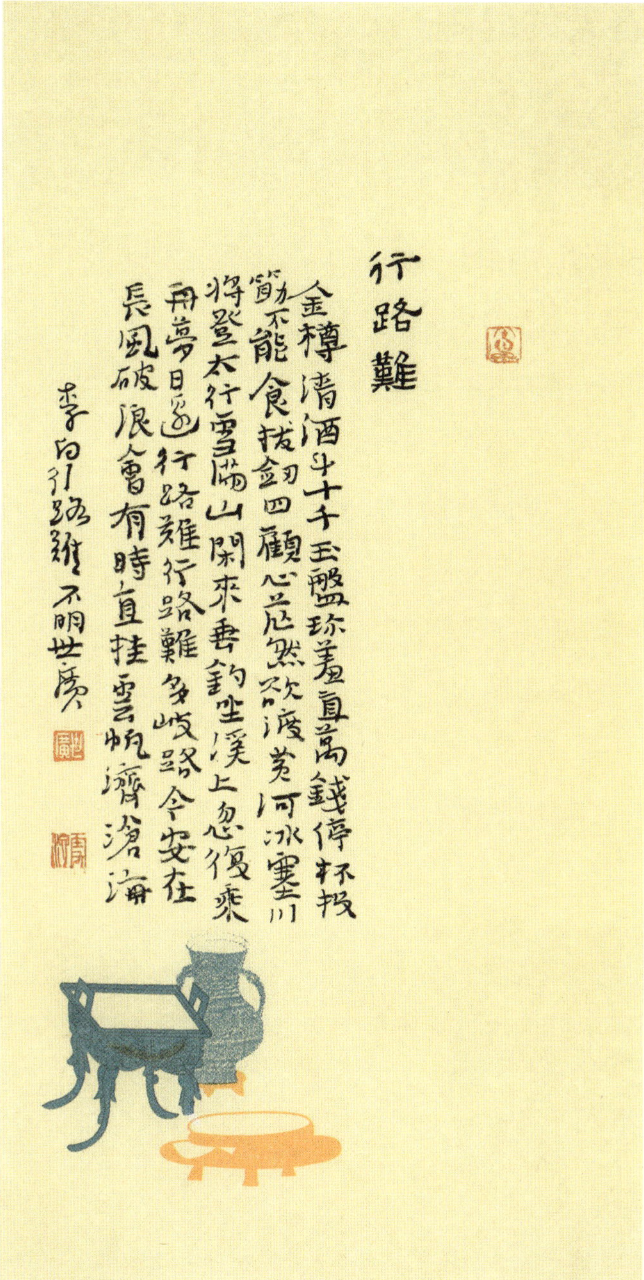
行路難
金樽清酒斗十千玉盤珍羞直萬錢停杯投
筯不能食拔劍四顧心茫然欲渡黃河冰塞川
將登太行雪滿山閑來垂釣坐溪上忽復乘
舟夢日邊行路難行路難多岐路今安在
長風破浪會有時直挂雲帆濟滄海
李白行路難 不明世虞

小楷——唐·李白 行路难

春天的缝隙

两扇窗帘间露着一道缝隙

这是午后的梦中醒来

我横过眼看这窄窄风景

“布谷、布谷”

是真的，听到了布谷鸟的叫唤

哦——哦——

昨天已经雨水了

这美丽的节气

一只乌鸦从缝隙飞过

黄昏又要来临

这逼仄的春天

2021 年 2 月 17 日

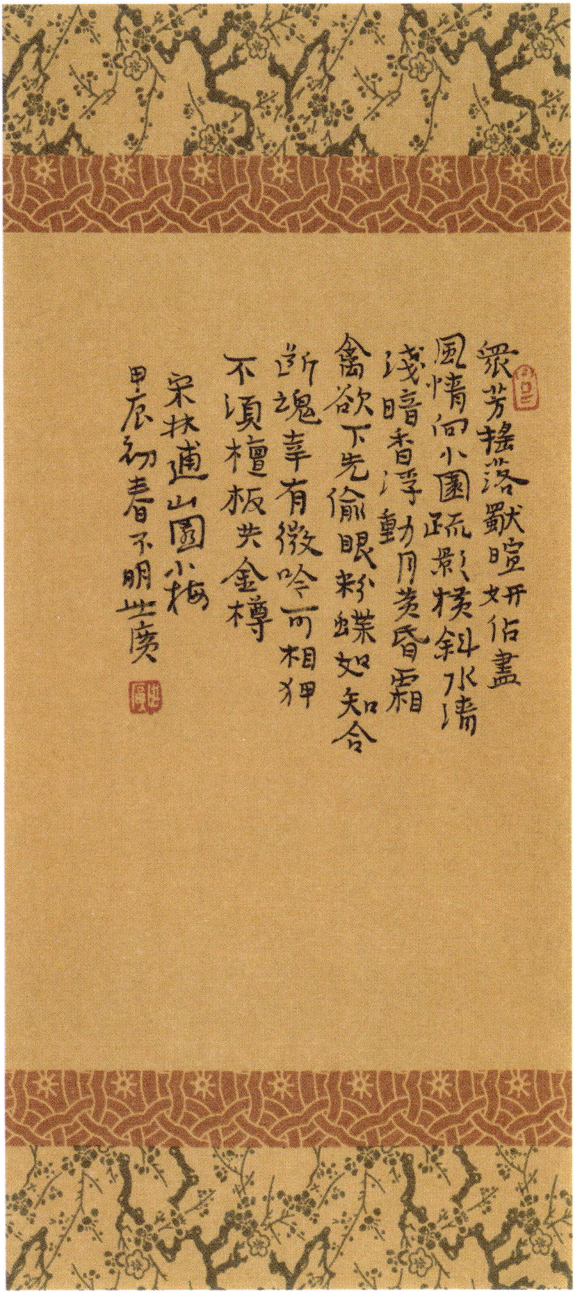

小楷——北宋·林逋 山园小梅（其一）

这个时候（十四）

黑云在楼宇间流转

有一点下雨的姿态

闷热随即袭来

城市还未从梦魇中醒来

拖着疲惫身躯的车与人

在十字路口争先恐后

小院里的葫芦却忘了生长

花开后便欣然枯亡

鸟叫声渐稀，偶有几声鸦鸣

长长短短的句子

绞尽脑汁也无法生成

夏至前一日

思绪岑寂

万物荒莽

2024 年 6 月 20 日

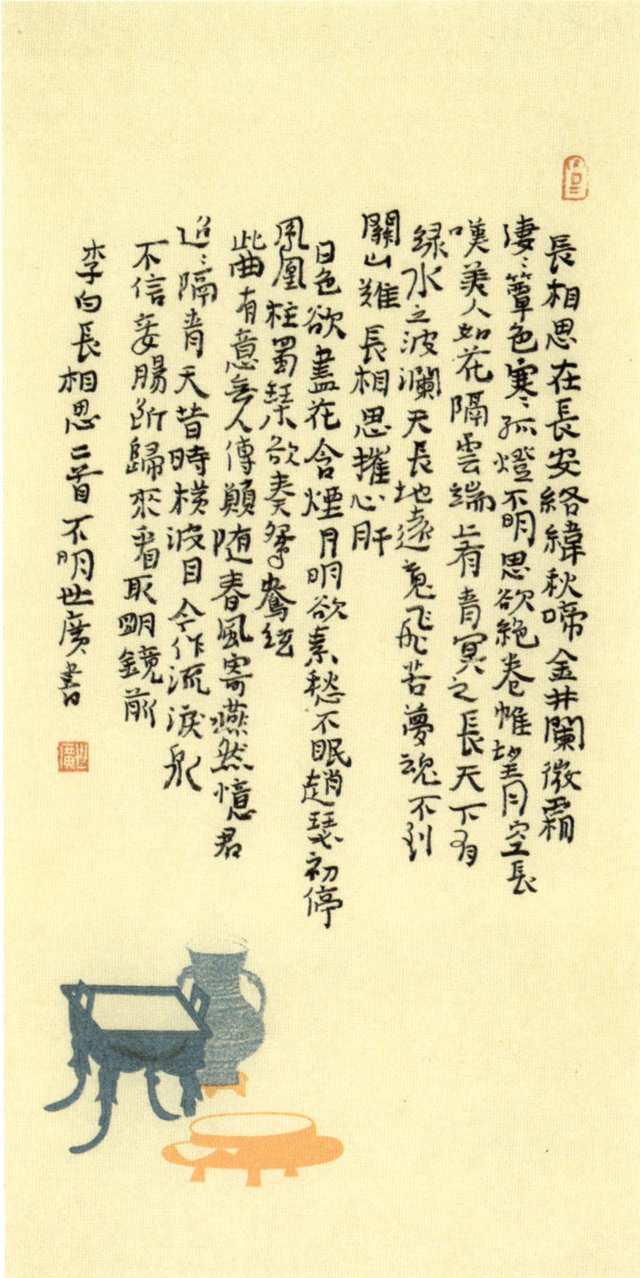
長相思在長安絡緯秋啼金井闌微霜
淒淒簟色寒孤燈不明思欲絕卷帷望月空長
嘆美人如花隔雲端上有青冥之長天下有
綠水之波瀾天長地遠魂飛苦夢魂不到
關山難長相思摧心肝
日色欲盡花含煙月明欲素愁不眠趙瑟初停
鳳凰柱蜀琴欲奏鴛鴦弦
此曲有意無人傳願隨春風寄燕然憶君
迢迢隔青天昔時橫波目今作流淚泉
不信妾腸斷歸來看取明鏡前
李白長相思二首 不明世廣書

小楷——李白长相思二首

初秋的日记

8月24日出伏

昨夜的雨

一直到现在未停

早上八点送6岁女儿去学校

一年级新生适应训练

中午接回

雨势未减

午饭我们谈论

雨会下到傍晚五时

女儿道：雨多累啊

会流汗的

我们笑而不答

午睡

梦见逝去26年的母亲

……

醒来下午三点

雨停了

我汗流不止

今天是 2024 年 8 月 26 日

2024 年 8 月 26 日

小欢喜

出暑前回到了故乡
两场雨过后
桐华原
蝉声渐稀
芭蕉叶子添新绿
恰如我心中沉默的
小欢喜

友人来访
三三两两进屋
添茶倒酒相互问询
乡音在吞云吐雾间盘旋
我在院中踱步
只盼着与秋风相见
如那只挂在藤蔓中孤独的葫芦

思绪散漫

我忽然听见

院子中寂寥的风铃

几声音符

若隐若现

2024 年 8 月 21 日

梦中

一段不长的城际铁路

被我的一场梦

变得绵远亘长

梦中经历了我的半生

有我稚气的童年

爷爷的线装书

父亲的劳作

母亲的病痛

奶奶的坚忍

姐姐的忧伤

更有我舍不断的乡愁

城市的迷茫与无助

失眠的挣扎

连续六个春节回不去的故乡

摇晃的车厢

延续的轨道流淌着

爱与哀愁

2023 年 11 月 18 日

童年

池塘邊的榕樹上知了在聲聲叫着夏天
操場邊的秋千上只有蝴蝶停在上面黑板
上老师的粉笔叽叽喳喳写个不停等待着下
課等待着放学等待游戏的童年

罗大佑句
壬寅初夏不明世廣

夏已至此

我喜欢在这一天

望故乡

日头真长

槐荫像一条条盘龙

在烈日下

久久不愿离场

多少记忆已丢失

又想起

五六月的蒙太奇

夏已至此

可缓缓矣

2022 年 6 月 24 日

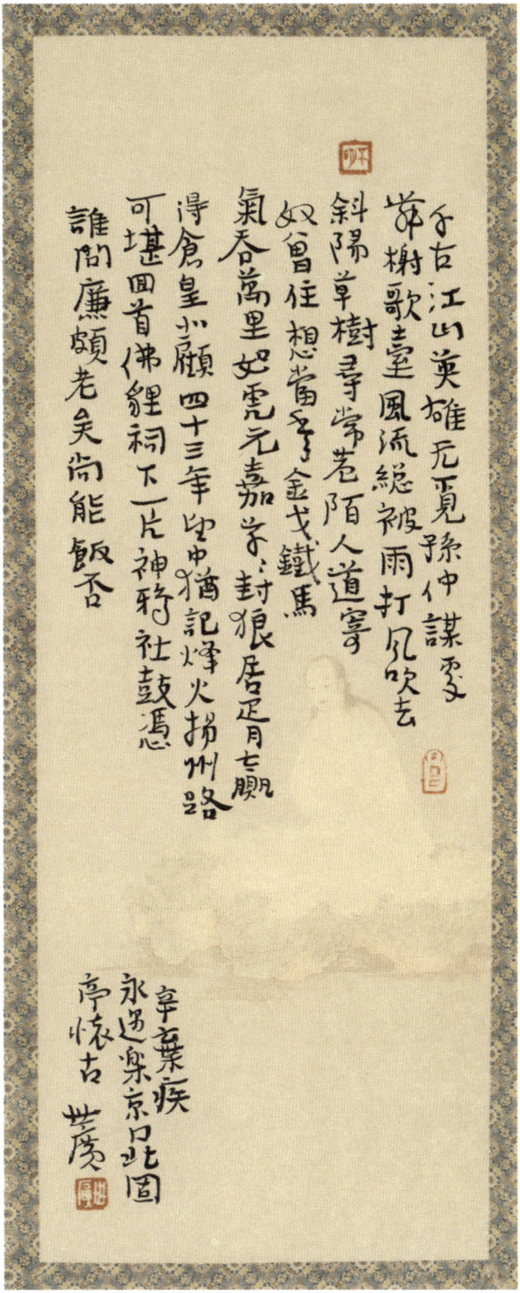

小楷——南宋·辛弃疾 永遇乐·京口北固亭怀古

这个时候（十五）

眸子澄澈

随一支开春破土的笋

探向窗外

天愈发蓝了起来

鸟儿有了呢喃

时光赠予的总是丰腴

吸纳的干瘪

终将拖不住曾经的誓约

前日看腊梅

枝残花败悻悻归来

古老的春天

我还是不曾忘却

2022 年 2 月 18 日

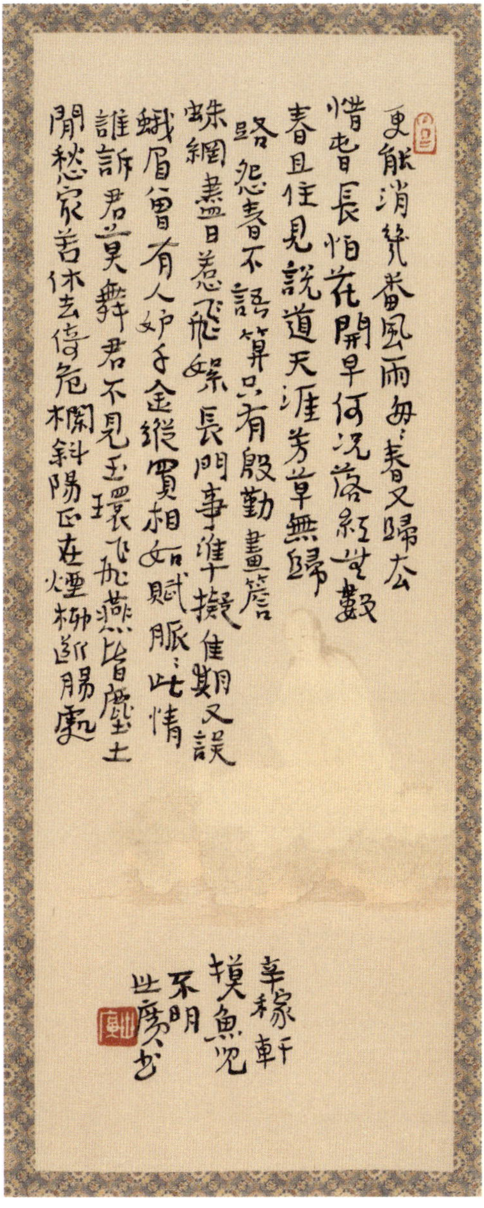

小楷 | 南宋·辛弃疾 《摸鱼儿·更能消几番风雨》

想象着一切美好

太阳终于落下了山

夕晖不舍

流连在你的那一片天

我无所适从，孤注一掷

等待所有的路灯亮起

像干了一番大事业地归去

晋阳湖畔，秋意浓稠

飞机从城市的上空升起落下

载着无数悲喜与忧虑

远方的你是否也在仰望

想象着一切美好

不愿散去

2024 年 9 月 19 日

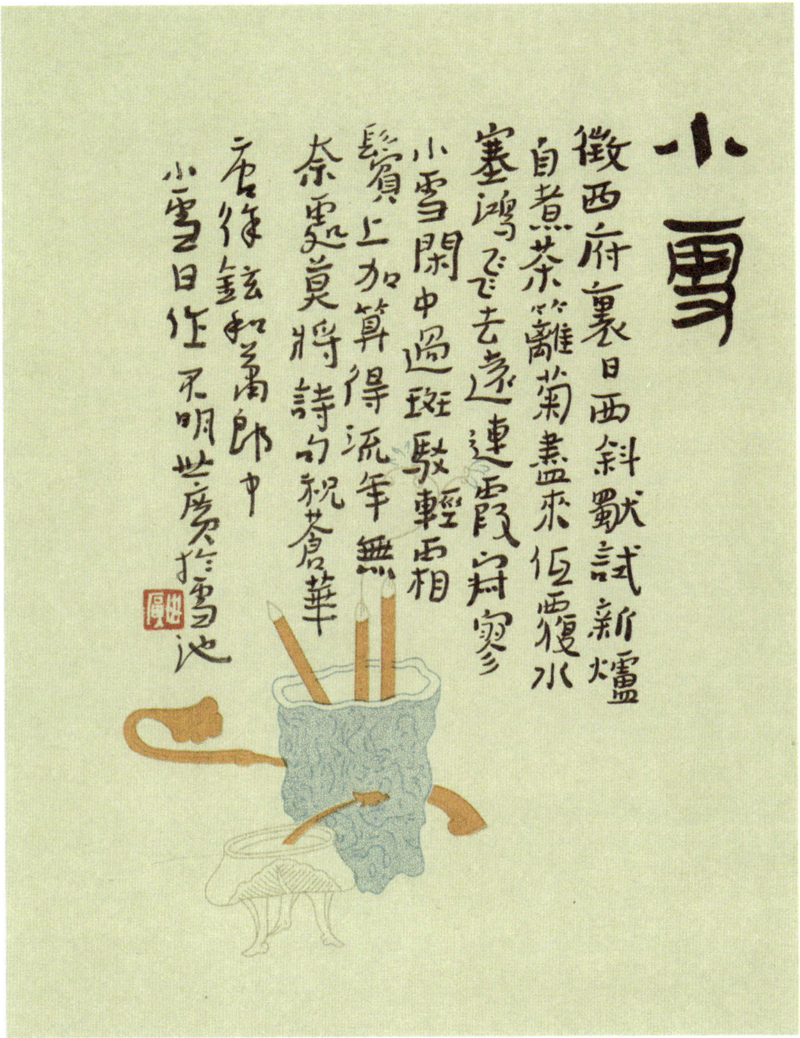

行楷 | 唐·徐铉 《和萧郎中小雪日作》

故乡九月

故乡九月的风吹过田野

当然也吹过桐华原

也吹在朋友们的脸上

欣赏这里的秋色

芭蕉是很少见的热带植物

你一言我数语

争执与笑声在桐树间低徊

我不再审视每一个人

他们亦应如此

我顺着心中一条沉重的河流

缓缓逆流而上

试图寻找即将到来的

深秋里悲伤的源头

将它封堵

然后打开泡制成熟的虎骨酒

一饮而尽

2023 年 9 月 23 日

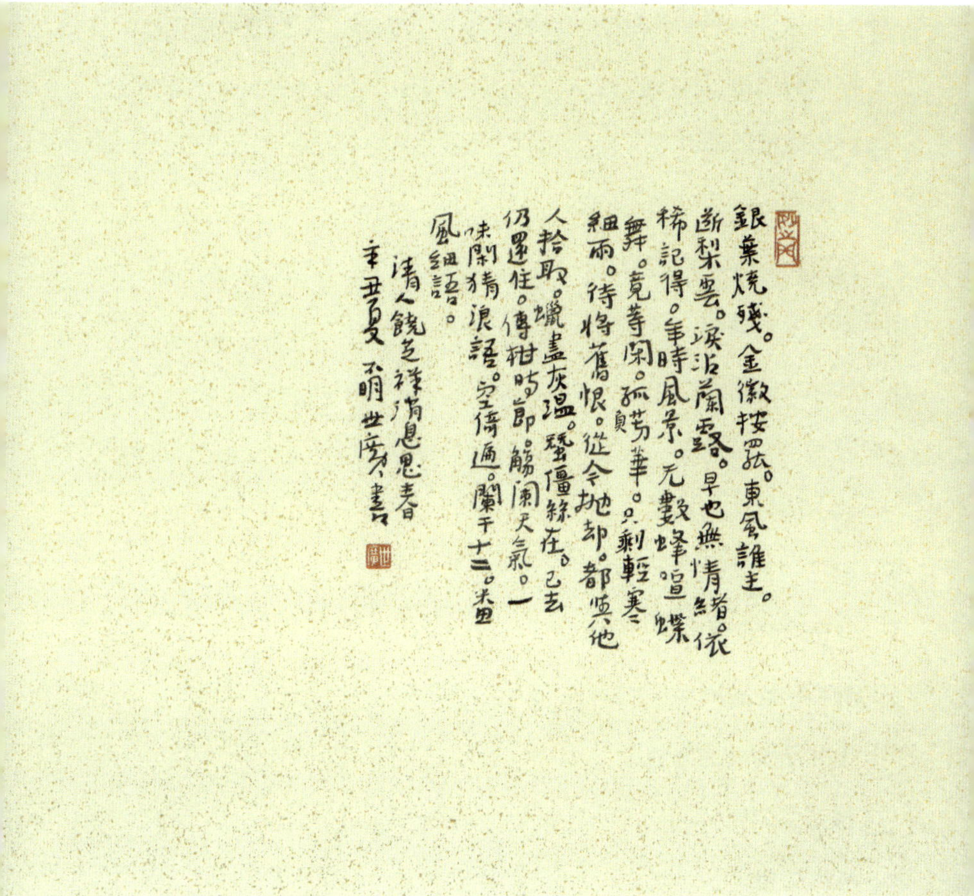

小楷 | 清·饶芝祥 《消息·思春》

这个时候（十六）

心底里那一束最温暖的情怀已不在

你从桥上走过

踩过昨日的落叶

我没有听到那首熟悉的歌

没有看到你明眸的清澈

混沌漫天飞着

从此我的生活

没有了白天黑夜

西山晴雪北海春云

早已成了传说

我执意经营的那一小块

鸽哨悠悠的岁月

也如囹圄里的暮色

我无可奈何

惊慌失措

终究没能找到回家的路

在帝都的阴霾里迷失了自我

这个时候

心底里那一束最温暖的情怀早已不在

2015 年 12 月 1 日

乡关何处

这次的出走在黄昏

一刹那沉入黑夜

寒露和霜降的当间

枫树上的叶子泛红

一刹那坠落

沉思逐渐化脓

桐华原上月光暗淡

一刹那

伤口鲜活了起来

千里万里票根散落处

人生干瘪诗句难觅

一刹那

乡关何处

2024 年 10 月 16 日

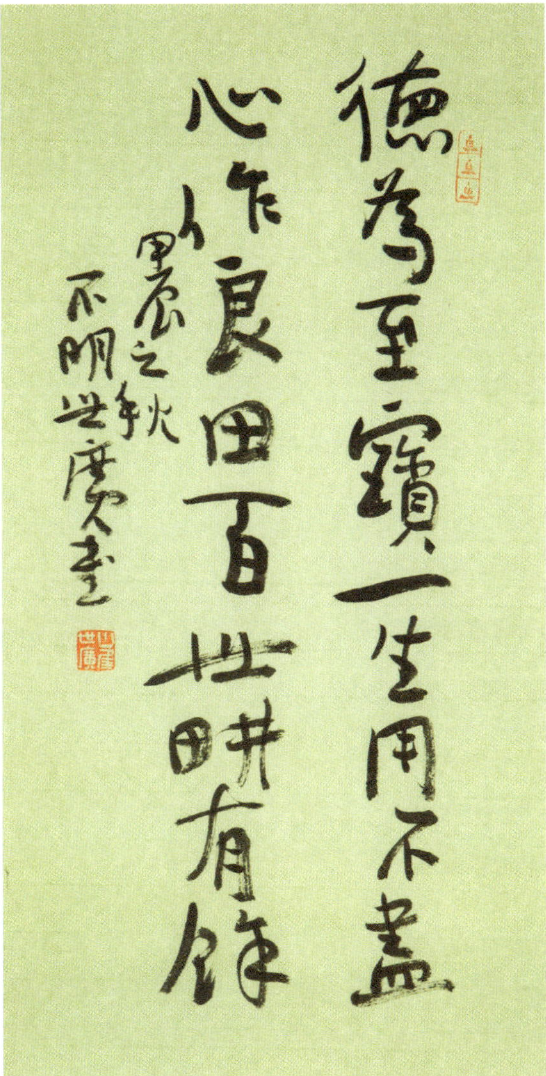

行书 | 古人对联

梦

我的梦是一个世界

一个战场 一个永不终结的章回体

无论良宵白日

都在思索，密谋，毫无休止地

运转

我嗅得到繁芜硝烟

我感到百转柔肠

醒来后，黯然离场

2024 年 8 月 21 日

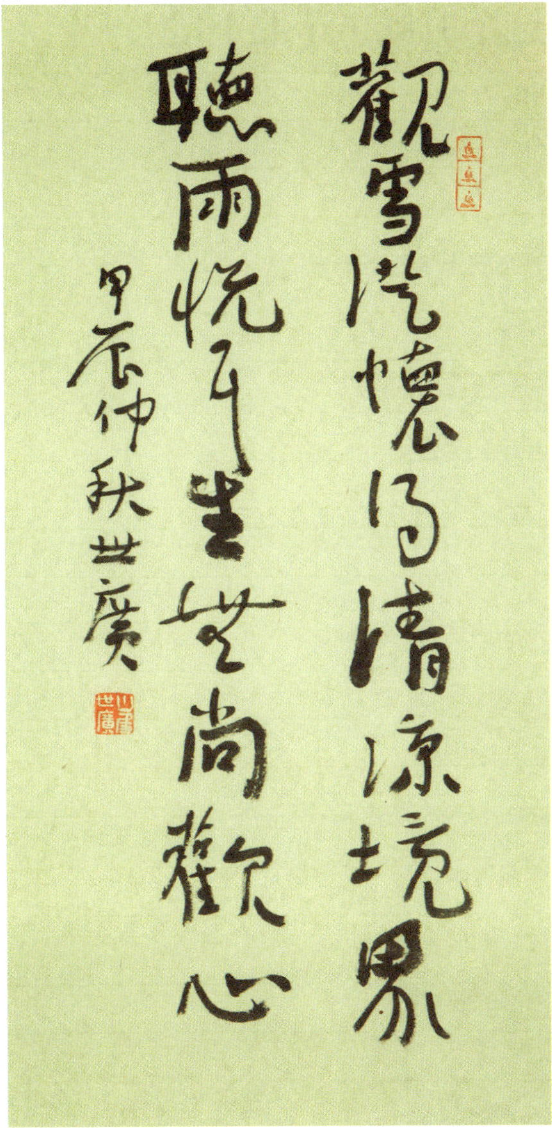

行草书 | 古人对联

这个时候（十七）

等雨的上午无所事事
抛弃了写字，读书
时光在院子里跳荡
不愿凡尘打扰
只要诗

无法描述我的寂寥
心魔狂妄
怎与之颉颃
昨夜喝下的温酒
还在胃中打转
可悲的秋天
干瘪的收成

2023 年 9 月 28 日

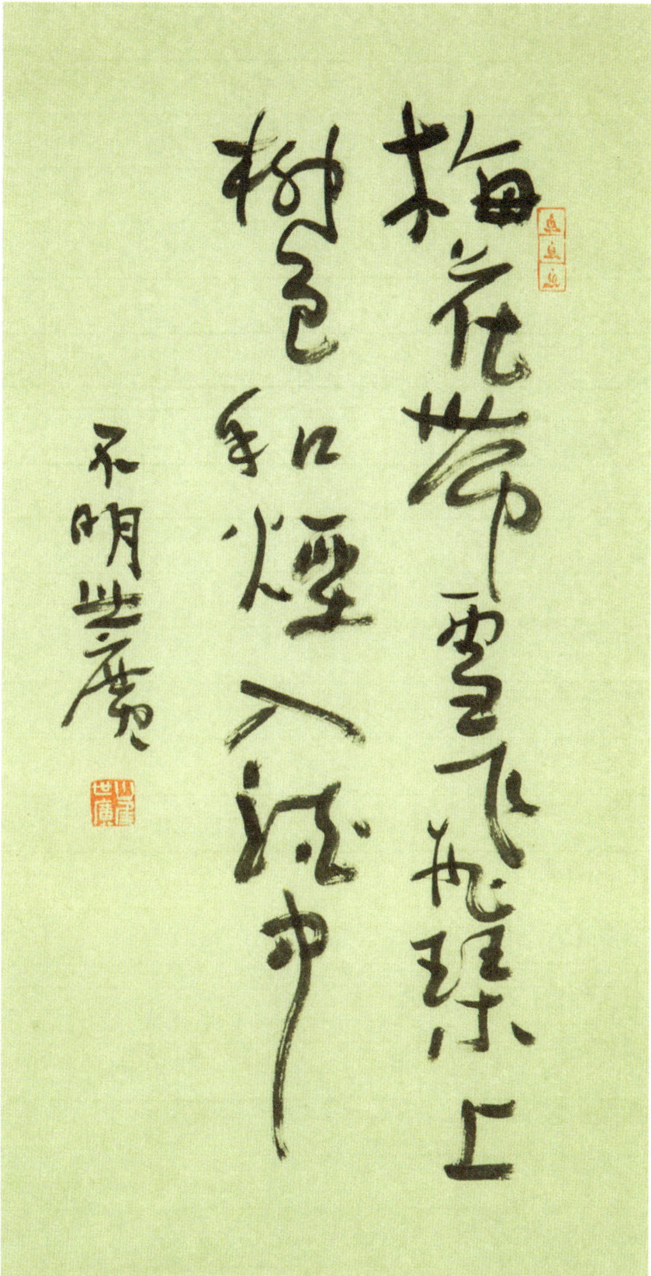

行草书——古人对联

暮色

惊蛰后一日，午后

昨日灰暗的喘息如是

书案上的《大观帖》亦如去年

一层灰，字迹越发暗淡

鸦鸣在两棵枣树间回旋

尾声破裂

附和着干涸的暮色

围攻我心底的一丝

可怜的恬静

嘬紧左手送来的烟卷

吱吱作响

如繁芜人生里的杂草生长

右眼呛出了泪

今晚注定没有月光

他向胡同深处走去

2021 年 3 月 15 日

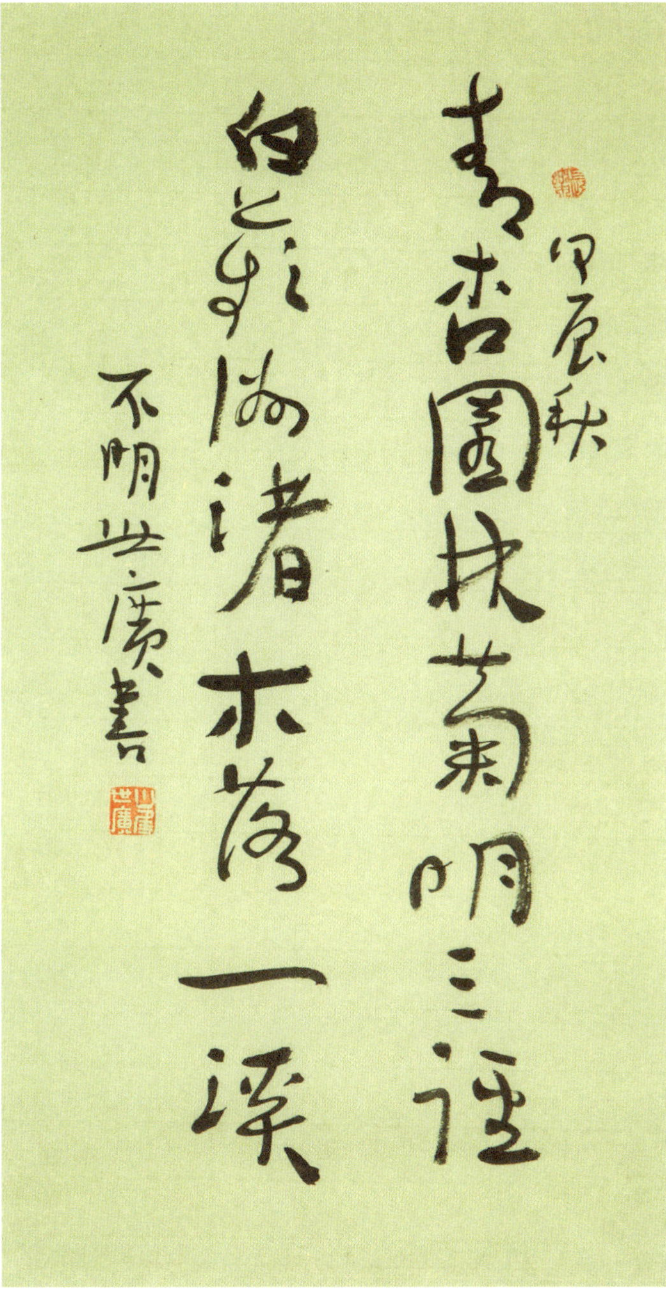

饭局

嘈杂的饭局

总是和谐一片

唯独我一言不发

滥竽充数

把酒当言

容我醉后眠

2023 年 6 月 30 日

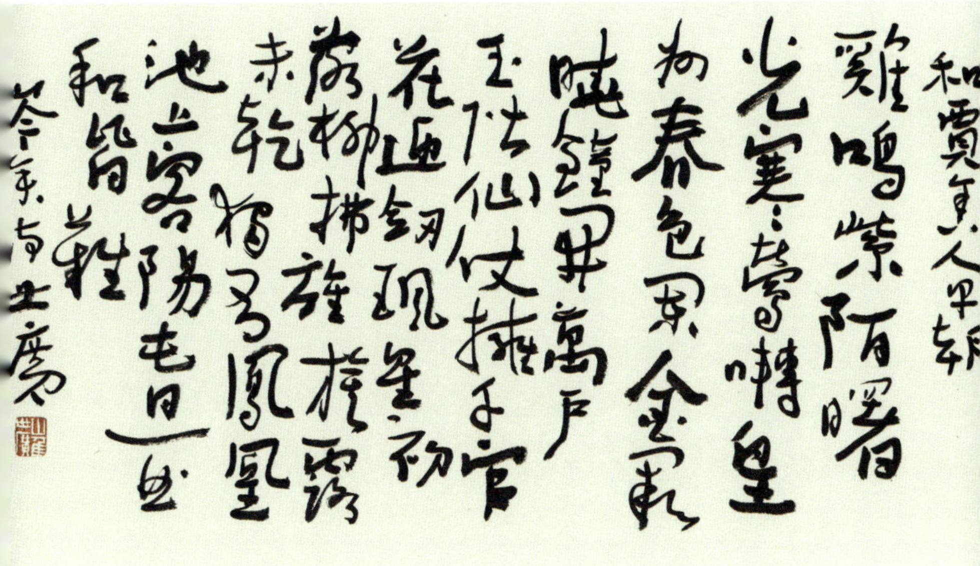

行草书 | 唐·岑参 《奉和中书舍人贾至早朝大明宫》

一种声音

早上醒来听见乌鸦叫

黑压压一片

2023 年 2 月 24 日

一片花飞减却春，风飘万点正愁人。且看欲尽花经眼，莫厌伤多酒入唇。江上小堂巢翡翠，苑边高冢卧麒麟。细推物理须行乐，何用浮名绊此身。

行草书 —— 唐·杜甫 曲江二首（其一）

年光

流云婀娜

年光萦绕

斑鸠声时隐时现

桐华原的上空

品物皆春

瓦楞里、树木间

流淌着

断续的鞭炮声

屋内的行酒令热烈

乡音不改

蹉跎岁月里的烟火气

和谐地交响着

远行的人默然

收拾着行囊

2024 年 2 月 15 日

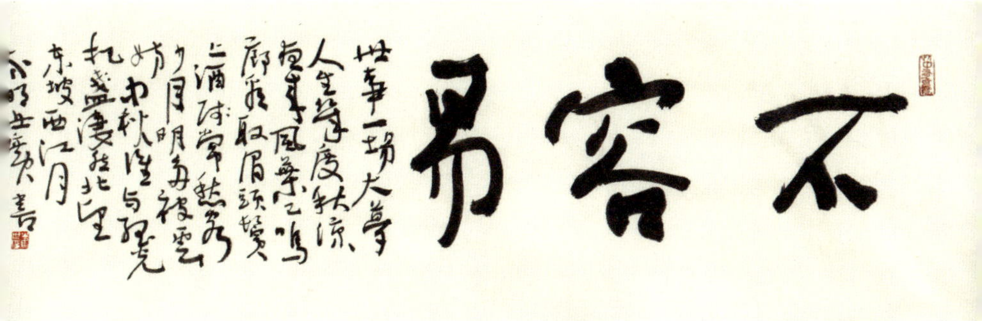

行草书 | 北宋·苏轼 《西江月·世事一场大梦》

对镜

寒露似镜

划过秋天的脸庞

现黄叶翩然

举一杯酒诉说时光

声声慢……

2024 年 10 月 8 日

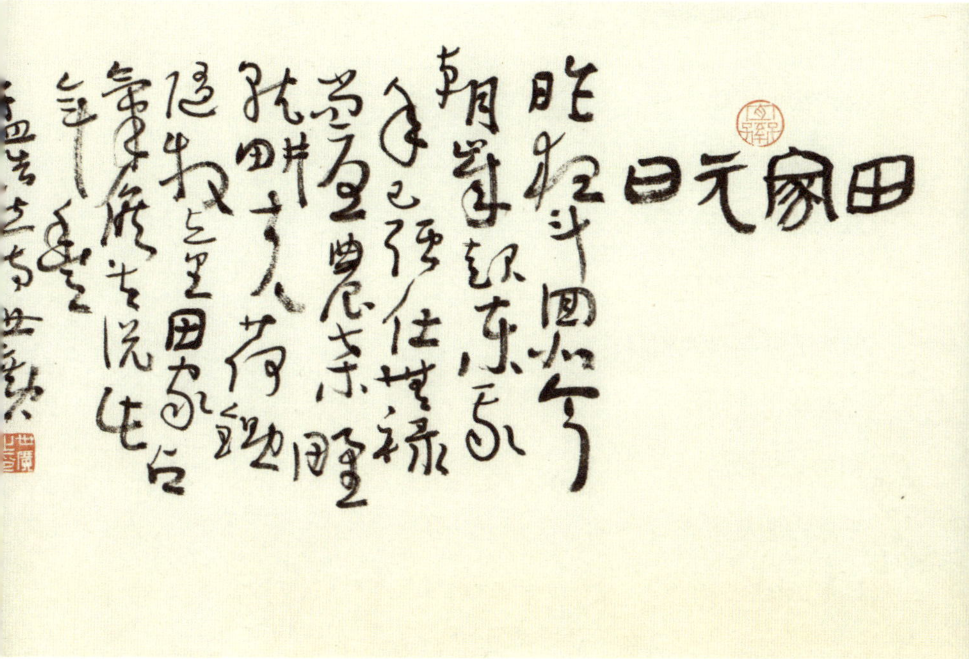

行草书 | 唐·孟浩然 《田家元日》

冠窑一日

屋内窑火正红

窗外喜雨快落

夏天的早晨

就这样幸福地开始着

曾经的悲与喜笑和泪

正淬炼出一件件

精美的艺术品

千年古韵发新华

硕果盈枝

冠窑正丰腴

平定永安康

2024 年 7 月 8 日

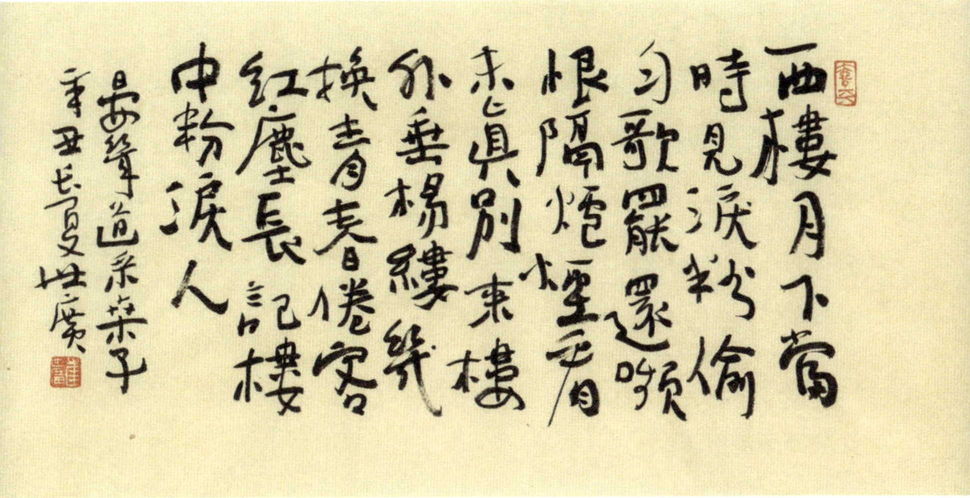

行书 | 北宋·晏几道 《采桑子(西楼月下当时见)》

责备，稍稍调皮的二月

立春二月，南北方都下了雪

在这个病毒肆虐的春天里

雪，犯得上被责备吗

上路的人，寄居的人，没有

灵魂的人，似乎都是我们自己

芙蓉和云英即使开放

也无暇顾及

女教师即使更年期

也比谁都理智

门房早已换作

手持体温枪的后生

春天不是责备的季节

不去责备，责备吹哨人的人

不去责备蝙蝠，吃蝙蝠的人

不去责备不戴口罩

口罩造假的人

不去责备，责备的人

那就责备二月，二月里的

春天，春天里的故事

“责备”是个无关痛痒的词语

在这个稍稍调皮的二月

想到一首诗里：

二月，一握笔就想哭……

当轰鸣的泥浆点燃

黑色的春天——雪融化

的地方发黑……

越是偶然

就越真实

2020 年 2 月 18 日

忘了时间

夏天到来的时候

我走出家门

直至今日还在千里之外

穿过了季节　旅途疲惫

思想已被分割得支离破碎

残喘的夕阳将在棕榈树后隐去

夜晚只会带给我更深的忧虑

呼啸而过的日子

将理想冲刷得不留痕迹

我想忘了时间

忘记自己

脑海中却清晰地闪现

一个七日连着一个七日

于是催促自己

赶在黎明之前熟悉的地方

看朝阳从梧桐树间升起

2022 年 5 月 17 日

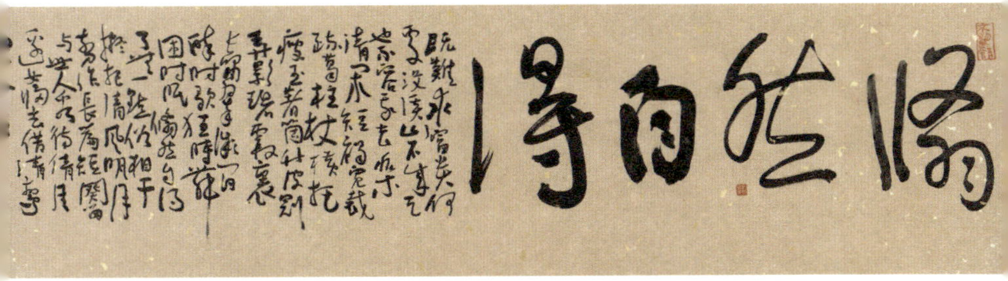

行草书 | 翛然自得

挑衅

春风吹过

老槐树伸着长长的懒腰

身姿裸露

白云装点着蓝天

低头笑看

月亮早早出来散步

远远窥探

好一出春天的

挑衅

在人间

……

2023 年 2 月 27 日

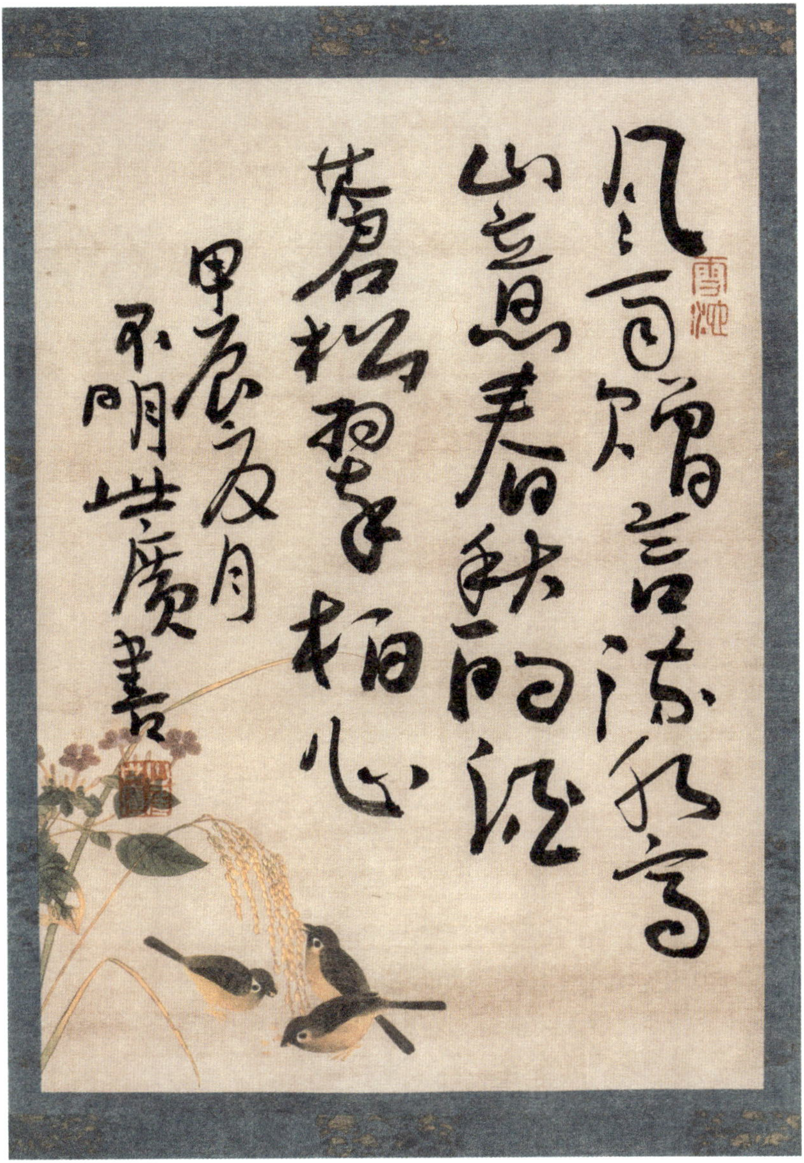

行草书 | 古人对联

钟繇小楷

繇之风韵

一千八百年的美丽

纵然

花开连翘

玉兰坠露

梅花清幽

微雨杏花

……

百里春风吹度

不如你的曼妙恣意

2020 年 3 月 20 日

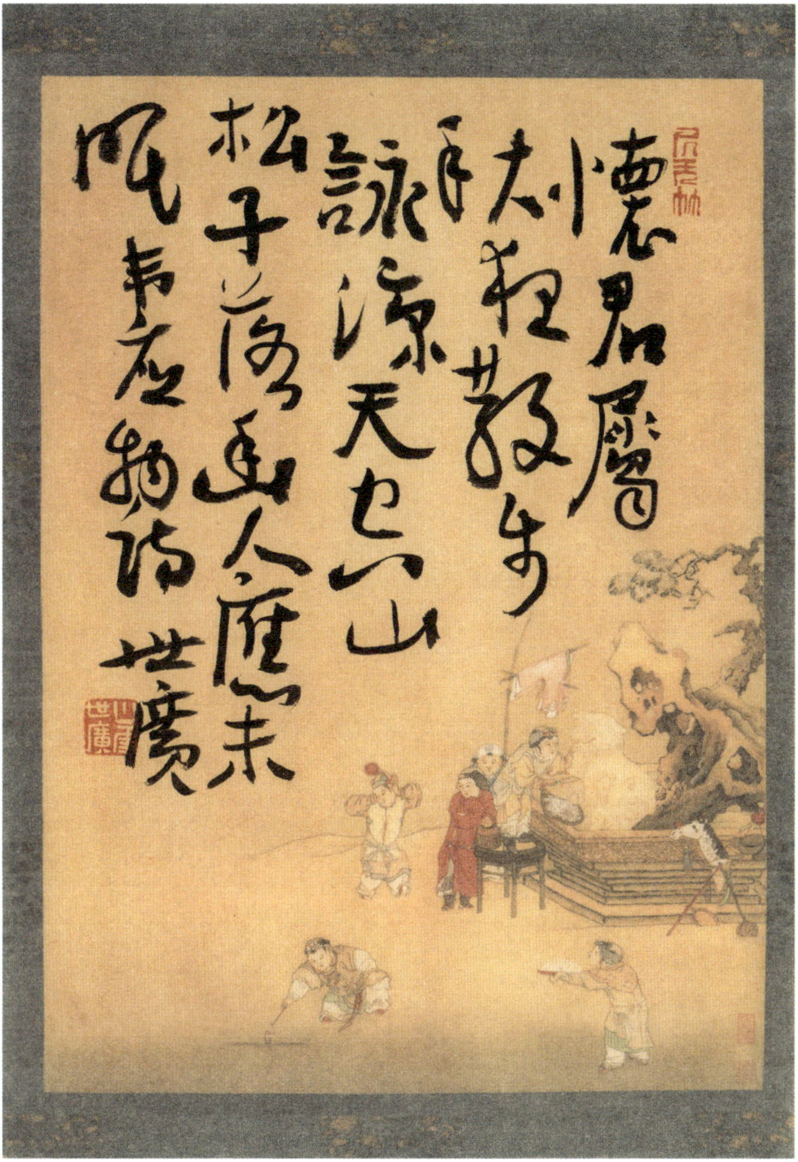

行草书 | 唐·韦应物 《秋夜寄邱员外》

故乡原野

抬头仰望

儿时的天空

麦穗摇晃

二八自行车后座上的我

父亲哼唱着家乡的

乱弹

他的眼里

是亲手种植的麦地

不谙世事的儿子

初夏田野

美丽的季节

相思小满

2021 年 5 月 21 日

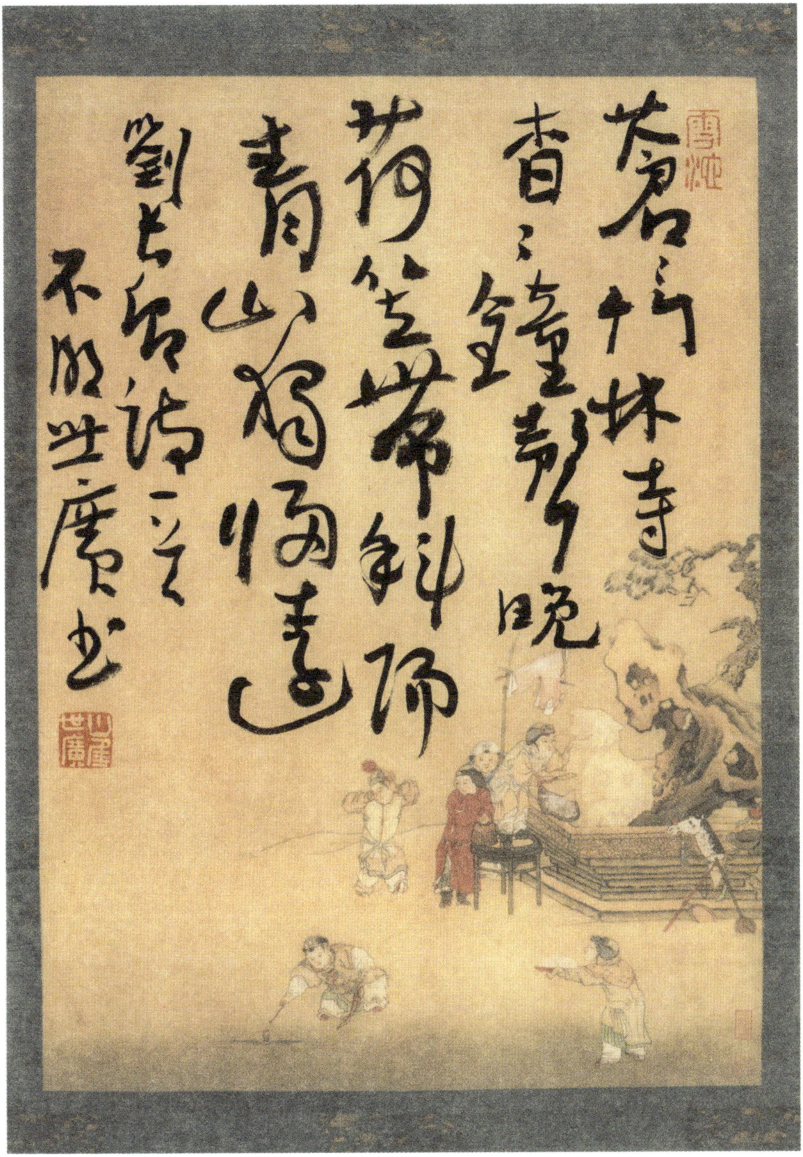

行草书 | 唐·刘长卿《送灵澈上人》

秋事促

仰望

时空里的一秒

霜信报

万念抛

我仗剑封尘

心雨潇潇

2019 年 10 月 24 日

跋

吴志实

初识世广，乃缘于他的字。世广是书法家。在好多年前，我与他尚未谋面，只是看到他的字，就喜欢上了。世广的字潇洒、飘逸，旷然不羁而有古意。我是先睹其字，而后见其人的，再后来我们接触渐多，稔熟了，就成了朋友。

给我的感觉，世广经常是默默的。他外表那艺术家的气质，和他的沉稳少言，似有很大的反差。在乱哄哄的一群人里，你会发现，世广往往是一副平和的表情，间或也会飘过一丝若有所思的眼神，这越发显着他的不同。然而世广又不属“另类”，他是讲传统又不失现代感的那种人，而且与大家相处融洽。

世广很安静，思考好像就是他每日的功课。他谦逊、不张狂，心细如发，在重信守诺上，于世广都在不经意间，朋友们背后说，世广能想人所想，和他相处舒服。不过，世广也有性格。随和的他一旦认起真来，彼此争论也是有的，结果，大家对率直的朋友都能包容，而这，也印证了世广的坦诚。世广人活得干净。和内心干净的人在一起，大家都觉着踏实。

我以为，世广能如此，都源于他的好学。学养何来？在很多场合，我见他都带着书。火车上、飞机上……大家看手机或闭目养神，他却捧着书读得津津有味。想来，书之于世广就好比粮食。有好多回，大家喝茶闲侃，世广自觉不自觉地就去包里掏书，几次拿出来又几次放回去。我看在眼里，知道他不想拂人意，扫了大家的兴。世广是那种总是替人着想的人。

我曾去过他的“雪池小院”，在景山旁的胡同里。是冬日午后，暖阳铺地。小院里有他的画室兼工作室，房间不大，甚至有些窄仄。一张画案，两排书架，涂满墨迹的纸摞得老高，摊开的书很随意地放在各个角落。不出门的时候，世广就在这里读书、习字、创作，和朋友们喝酒聊天，日复一日，下着水磨功夫。

光阴没有虚掷，世广在他的小院里潜心耕耘，不时给朋友们带来惊喜，与大家一同分享他的快乐。几年的时间里，他出了好多本书法专著和作品集，最让人诧异的是他甚至还出版了诗集。我自认为对世广有所了解，可还是没想到，书法家的世广竟把现代诗写得如此之好，以至一众朋友一时不知该称他书法家呢还是诗人！世广闻之赧然。说他真的是喜欢诗，就像喜欢书法那样喜欢诗歌，这些年他把在行走和奔波中的闻见、思考、心得、体悟……用长长短短的句子记下来，如果这也算诗的话……过后想想，过谦的世广说的也是实话。故乡与漂泊，迷失与回归，都市与乡野……对世广来说，喧嚣嘈杂充满诱惑的当下，诗的纯粹确乎最能贴近一个游子的情怀。艺术的相映互见，彼此的渗透浸染，世广以书法名世，以诗歌抒怀。这让世广的诗歌就像他的书法，在古典与现代之间的探索上，领异标新，既自出机杼也守住了传统的正脉。不难领略到，世广诗歌中自然涌动的典雅意蕴，充盈着灵性的叩问，犹如老酒新茶，余甘袅袅，有古风萦绕，给知音者以会心的暖意。诗是智慧的不速之客。细细品咂，世广的诗让我们得到了诸多的哲思和启迪。

如此说来，讨论世广是书法家还是诗人，已经不重要了。

世广还是那个我们熟悉的世广，而且更加立体、丰富，不论他的诗还是他的字，已然都显出大家气象。诗如其人，字如其人！诗书同道，不负世广。以书入诗，诗书双修，心手双畅，这于世广已是一种境界。倘若再把画捡拾起来，三管齐下，那么世广的艺术之路将不可限量。但也不必过急！

世广的又一部新诗集要付梓了，我为他高兴。拉杂了半天，就此打住。古人说诗无达诂，相信爱诗的朋友会从这本诗集中读到欢愉，收获感悟，享受快乐……

最后想对世广说：对艺术的探索要坚定更要执着，恰似心若不动，风又奈何！

是为跋。

乙巳年正月十五日改定